A Ilusão do Amanhã

Por

Dedicado a pessoa que me deu a inspiração...

Ao meu esposo Reuben e meu adorado filho Adrián, que com muito amor, me ajudou com os gráficos e desenho da capa.

Dedicado também a meus pais José e Blanca que me deram o exemplo.

Ao meu irmão José Joaquín (que contribuiu com a correção de estilo) e sua família.

Para o meu irmão Pedro Eliseo e sua familia, à minha querida amiga Marta Lucia.

Aos meus futuros netos, para que lhes sirva de inspiração e guia nos tempos positivos ou turbulentos de suas vidas.

É o meu desejo, que a sabedoria os guie e me ajude a ter muitos momentos de paz e felicidade.

- 5 -

Prefácio

Grand Illusion of Tomorrow é uma história de amor e vida. Cheia de intrigas, romance e suspense, com base em eventos da vida real com os quais você pode se relacionar com risos e lágrimas.

Esta história aprofundará sua apreciação da vida que você desfruta agora e aumentará sua determinação por mais satisfação. Trata-se dos esforços inesquecíveis de várias pessoas que se esforçam para encontrar o que todos nós procuramos desesperadamente todos os dias, uma felicidade duradoura

Nosso drama começa em uma vila perto de Madri, na Espanha, onde encontramos nosso protagonista; Sunita Franco. Sunita é uma bela jovem, abençoada com uma natureza gentil e gentil. Ela vem de uma família típica e amorosa.

Durante seus estudos universitários, Sunita involuntariamente conhece seu príncipe encantado- Ronnie Waddell. Ronnie nasceu em Chicago, EUA. Ele é um homem extremamente bonito e um arquiteto de profissão, completando seu mestrado em Madri.

Lá; eles se apaixonam desesperadamente um pelo outro; no entanto, o tempo não lhes deu a oportunidade de mudar suas obrigações anteriores. Infelizmente, Ronnie retorna a Chicago e Sunita continua com sua carreira. A separação foi dolorosamente dolorosa e dolorosa.

Anos mais tarde e por incrível coincidência, o destino reúne Sunita e Ronnie. Naquela época, como antes, o amor e o desejo deles um pelo outro eram tão apaixonados quanto quando se conheceram. Juntos, eles prometeram com todo o coração, mente e alma nunca mais se separarem ... mas eles serão capazes de cumprir sua promessa? Eles serão fortes o suficiente para combater o destino?

O final da história vai deixar você com uma sensação de paz e alegria, fazendo desta uma aventura de alfabetização valer a pena.

O leitor sentirá uma profunda diferença em suas vidas, pois perceberá que a felicidade existe e, com uma pequena ajuda ... pode ser encontrada!

Capítulo 1

O mar está tranquilo e sereno. A praia sussurra um som suave quando as ondas precipitam-se com violência na areia a beira mar.

O céu está claro e limpo. No horizonte, vejo muitas luzes e mil estrelas piscando. A noite está morna e a brisa do mar acaricia minha pele suavemente. Meu cabelo preto, longo até a cintura, move-se ao ritmo do vento enquanto corro na areia brincando com as ondas do mar. Saltando feliz e levantando meus braços na direção de Deus, eu canto para o céu a nossa história de amor.

Caminho feliz, golpeando as ondas com força quando se quebram suavemente sobre os meus pés descalços. Penso neste dia tão especial, esse momento tão maravilhoso. Recordo todo o acontecido e todo o sofrimento que passamos para chegar a este dia! Nem as ameaças de Patrícia e suas artimanhas nos podem separar! Finalmente serás meu! Só meu! Meu amor...

Minha mente desliza em um mar de hipnose, mágica e letargia. Não posso conter minha emoção. Sim! Estou completamente satisfeita. Este próximo sábado começará uma nova vida para mim e não há pessoa mais contente no mundo do que eu; Sunita Franco; muito em breve reconhecida como "Sunita Franco de Waddell". Soa muito lindo! Só de pensar que agora serei a esposa de tão impossível amor, e tão desejado trovador, me enche de emoção.

Em poucos dias se realizará meu casamento com Ronnie Waddell, o amor da minha juventude e o amor da minha vida. Arquiteto de profissão, inteligente e ilustre, forte e viril. Não, eu não posso acreditar!Que acontecimento tão especial.

Quisera eu que o casamento fosse já. Conto cada hora e cada momento.

De repente um mau pensamento passou por minha mente. Um arrepio correu em minhas veias. Uma sensação horrível!

E se Patrícia se colocar entre nós dois e tratar de colocar obstáculos na nossa união? Não duvido que ela tente. Ela me tirou-lhe uma vez. Jurou-me que nunca deixaria que nós nos casássemos. Ela é bem capaz de tudo!Não porque queira Ronnie; mas apenas para satisfazer sua orgulhosa e vingativa personalidade.

Não! Este pressentimento não vai apagar a minha felicidade!Ela não vai me tirá-lo outra vez!Eu não permitirei.

Ah meu querido Ronnie! Meu príncipe Azul! Quero-lhe tanto meu amor!

O imagino esperando por mim no altar, colocando-me o anel de casamento, um diamante retangular da cor amarela claro, sobre um anel de ouro. Posso imaginá-lo repetindo em um sussurro que me ama. Que me será fiel por toda a eternidade e que estará ao meu lado para sempre... Que maravilhoso, pensar neste momento, que a vida vai me dar.

Eu estou vestindo um tule de casamento, longo e branco. Cheio de pérolas. Adornado com um véu delicado e milhares de lacinhos em volta do meu pescoço; com uma longa cauda feita de uma gaze fina branca trazida do Peru; e um véu desenhado por uma costureira famosa de minha vizinhança. Meu vestido é colossal e me faz ficar tão linda… tão incrível... Só para ele. Só para o meu Príncipe Azul. Só para o meu Ronnie.

Pensava sobre os arranjos para o casamento; as flores, a recepção e a Igreja, estariam finalizadas em uns dias. Já, quase tudo estava arranjado. Meus amigos e amigas do escritório, minha família da Espanha, meus vizinhos, todos estarão ali presenciando a ocasião. Vejo todos vestidos muito elegantemente;   comendo;   brindando compartilhando nossa alegria.

Continuo correndo e correndo... sapateando nas ondas do mar. Eu grito a Deus e a todos os que escutam minha ilusão e minha paixão; até que a fadiga finalmente me leva a uma grande rocha onde rapidamente me sento para descansar.

Não!Nem o ruído das ondas, nem o murmúrio do vento podem parar minha mente de gritar, de pensar, de imaginar... Sentada naquela rocha avisto a minha família chegando. Sim! Que emoção! Eles virão amanhã de Madrid para celebrar a nossa união com grande entusiasmo. Isso me faz transpirar felicidade por todos os poros do meu corpo.

Minha querida mãe! Estou tão entusiasmada de ver minha mãezinha Blanca Franco. Psicóloga por profissão. Meu pai adorado; Dr. José Franco. Ele se formou pela Universidade de Madrid como um cirurgião-dentista e é muito reconhecido na região onde nasci perto de Madrid. Eu estou morrendo de vontade de abraçar minha irmã mais nova, Clarita; a qual está terminando seus estudos de Medicina na Capital. Eu não a tenho visto por muitos anos. Que barbaridade!

Lembro-me como discutíamos e jogávamos juntas no jardim do meu doce lar. Como estarão agora depois de tantos anos? Que felicidade traz essa ocasião e que maravilha poder vê-los outra vez! Sim! Por anos eu imaginei este grandioso dia. Já sinto a alegria; a festa. Tudo quanto tenho desejado por tanto tempo, está a ponto de acontecer. Toda vez que eu penso nos detalhes, tremo de emoção.

Enquanto na praia e com a minha cabeça ainda envolvida na ocasião; uma chamada para o meu celular quebrou minha concentração e minha imaginação. Eu vejo que é o Ronnie chamando...

- Ronnie?

- Sunita meu amor, como vai você? Penso muito em você, querida!

-Obrigada meu amor! Eu também penso em você o tempo todo.

-O que faz?

-Ah... Aproveitei que eu tinha um pouco de tempo e vim para a praia para relaxar e meditar por alguns instantes. O que está acontecendo? Está tudo bem?

- Sim, Sim, Sunita. Tudo bem meu amor. Só queria dizer-lhe que Patrícia e Conchita vão viajar e vêem sexta-feira para Chicago para visitar a minha mãe e me pediram que as levassem ao aeroporto para dizer adeus. Eu gostaria que você me acompanhasse. Você pode ir comigo?

-Ah sim, Claro, meu amor! Por quanto tempo vão ficar lá, você sabe?

-Vão ficar algumas semanas com a minha mãe. Conchita está muito feliz de ir visitar sua avó favorita.

-Ah sim! Eu imagino meu amor. Claro, você pode contar comigo. Eu adorarei ver Conchita e dar-lhe um beijo bem grande de despedida para que não me esqueça.

-Obrigado meu amor. Eu sei que ver a Patrícia é difícil para você, mas Conchita lhe agradecerá.

Ronnie respondeu com uma voz suave e sincera...

-Obrigada por seu sentimento Ronnie; mas, você sabe que eu amo muito a Conchita e por ela farei tudo o que puder.

-Sunita! Mudando de assunto, você sabe quando vão chegar os seus pais?

-Sim! Eles chegam amanhã, quinta-feira. O avião aterrizará por volta das nove da noite em LAX. O que você acha?

-Maravilhoso meu amor! Alegra-me a notícia. Depois de tantos anos sem os ver, você deve estar feliz. Que triste não poder estar contigo para encontrá-los. Eu tenho que ficar aqui em San José até sexta-feira. Você entende. Não?

-Sim! Sim!Eu entendo Ronnie. Não se preocupe. Embora eu morra de vontade de estar com você, eu entendo que você tem que trabalhar.Eu sei que a minha família entenderá a situação.Eles não se chatearão.Além disso, haverá tempo para conversar, na sexta à noite no jantar que organizamos no Clube Miramar.

-Eu sei que você entende! Você é uma mulher maravilhosa, por isso me caso com você, vês...?

Ronnie rio com uma forte gargalhada...

-Sunita!... Olha!... O que se pode fazer é isto... Eu providenciarei para mandar-lhe o Gustavo, o qual trata da limusine da empresa, para que pegue você amanhã e lhe leve ao aeroporto. Parece-lhe bom?

-Sim! Magnífico! Bem no meu carro só cabem quatro. Gostaria muito de ter uma limusine, para que todos conversassem no caminho de casa. Que maravilha! Obrigada meu amor! Muito boa ideia! Logo mais lhe contarei como nós vamos! Nós nos veremos então na sexta-feira! Sim?

-Até sexta-feira meu amor! Cuide-se muito Sunita!

-Beijinho meu céu! Muua!

Desliguei o telefone com um pouco de tristeza e raiva... Humm...! Espero que agora essa bruxa da Patrícia não faça o Ronnie levá-la em todos os lugares. Que maldade! Levá-la ao aeroporto? Que desgosto!

Há vários anos atrás, Ronnie caiu nas mãos de uma mulher má chamada Patrícia. Ela se empenhou para conquistá-lo por meio de enganações, mentiras e truques, até que finalmente... o pegou em armadilha. Desse casamento tão infeliz, eles tiveram uma menina chamada Conchita.

Apesar de já terem se divorciado por vários meses, ela sempre quer continuar controlando. Patrícia e Conchita vivem em um apartamento em Los Angeles e sempre estão em contato com Ronnie. Nos fins de semana ele vai visitar sua filha, Conchita, a qual é sua vida e a luz dos seus olhos.

Ronnie é o presidente de uma empresa arquitetônica em San Jose, localizada a três horas de Los Angeles. Todos os fins de semana Ronnie pega Conchita e a traz para casa, que fica na Praia

Hermosa. Este é um dos mais importantes e exclusivos balneários da Califórnia.

Conchita é uma menina muito suave, linda e terna. Seus olhos são tão verdes como o mar, assim como os olhos de seu pai Ronnie. Seu cabelo é ondulado, macio e loiro como a cor do sol. Sua pele é dourada e tem um sorriso picaresco e claro..., não posso deixar de dizer que ela é tão brincalhona e travessa como um gato. Ela tem cinco aninhos de idade, mas parece mais velha por sua maneira tão brilhante de raciocinar. Tem-se que estar ciente do que se diz e faz, porque ela percebe tudo e faz perguntas e mais perguntas... Que bela ela é. Eu vou sentir sua falta! Coitadinha!

O que me alegra é que essa megera da Patrícia se vá para bem longe e não vai estar em nosso casamento, para interromper ou interferir em nosso dia tão especial. Eu a conheço muito bem, para saber que ela é capaz de tudo.

-Humm... Se bem que... Eu não tenho nenhuma angústia agora de ver seu rosto no dia do casamento. Que alegria me dá!

Enquanto seguia pensando e sonhando sentada nesta suntuosa pedra a beira mar, alguém veio por trás de mim e me cegou com suas mãos...

-Advinha quem é Sunita!...

-Ah! Roberto e Marta Lucia, meus vizinhos preferidos!

O que fazem por aqui?

Marta Lucia disse:

-Saímos para caminhar por algum tempo! A noite está tão bonita! Quer ir conosco ao "Café Marfil" para tomar um cafezinho?

Que ideia boa, pensei.

-Sim!Necessito me distrair um pouco! Ando sob grande tensão nervosa!

Caminhamos ao suntuoso "Café Marfil", localizado perto da praia, a uns poucos passos da onde eu estava sentada. Este lugar é o favorito de todos na vizinhança e sempre nos reunimos ali para passar o tempo.Do lado de fora tem um terraço com mesinhas redondas , guarda- sóis e lamparinas.Dali se avista o mar e a baía de "Praia Hermosa".A vista é inspiradora e romântica.

Sentamo-nos em uma dessas mesinhas no terraço e pedimos café com leite e biscoitinhos...

-Que contentes estamos por seu casamento Sunita! Já tens tudo pronto?Perguntou-me Roberto.

-Sim Roberto! Só temos que dar umas voltas, quando Ronnie vier esta sexta pela manhã de San José; Pela noite teremos um jantar no Clube Miramar com a família e no sábado pela manhã é o casamento.

O casamento... Ah! Já está confirmado que os meus pais vêm esta quinta e isso me deixa super contente!

Marta Lucia salta de emoção de saber que toda a minha família vem da Espanha, pois eles bem sabem como sinto falta de todos.

-Que bom para você Sunita! Nós vamos adorar conhecê-los!

Logo, Roberto me pergunta com grande curiosidade:

-Diga-nos um pouco de sua vida lá na Espanha, Sunita.

-Conte-nos um pouquinho a respeito de seus pais e de sua família!

-Claro que sim Roberto, este é o meu tema favorito e além disso, me ajudará a acalmar meus nervos. Foi então que me acomodei em minha cadeira, tomei um pouquinho de café, e comecei a contar-lhes de minha família...

Capítulo 2

Meus dias de pequena foram calmos e cheios de alegria. Na minha casa; meu pai José; minha mãe Blanca e minha irmã Clarita; representavam para mim, a constituição de minha família. Crescemos em um ambiente muito familiar e unido. Nunca escutamos ofensas, brigas entre meus pais ou desgostos de nenhuma natureza, o clima em casa era sempre calmo e em paz.

Recordo-me que todas as noites nos reuníamos às dezenove horas para o jantar. Depois de comer pratos requintados que a minha mãe cozinhava... como; Paella, cozido Madrileno, Cordeiro e Vitela;

ahhhh e os aspargos de Aranjuez! Prato delicioso!As famosas batatinhas; Bacalhau ao forno... humm...Sempre a comida estava acompanhada por deliciosos "Vinhos de Madrid" às vezes, chás aromáticos...Bom!Cenas maravilhosas, eu me recordo. A história vai e depois do jantar nós ficávamos na mesa escutando meu pai contar histórias religiosas, que se passaram na Inglaterra em séculos passados, histórias políticas, histórias de família.Ele falava muito bem e sabia muita história, por isso nós nos beneficiamos muito de seu conhecimento.Encantava-nos ouvir-lhe falar por horas e horas!

Vivíamos em uma região perto de Madrid, rodeada de vales e montanhas. Todas as casinhas do povoado eram pintadas de branco rodeando uma igreja majestosa, construída muitos anos atrás.Todas tinham vinhedos em cada lado da entrada,adormecidos em belas cercas altas, separando uma casa da outra.Na entrada da aldeia um grande castelo se impunha , como recordo do grande poder, que em um tempo tiveram nossos antepassados.

Nossa casa era pequena e confortável; rodeada de árvores e palmas; tulipas e margaridas adornavam um imenso jardim e a uns metros de distância um lago pequeno, mas imponente decoravam uma paisagem de fantasia junto com os vinhedos que rodeavam o portal.

De minha família, eu fui sempre muito orgulhosa. Há alguns dias atrás, quando eu limpava minha escrivaninha encontrei o seguinte recorte de jornal de muitos anos atrás, referindo-se ao meu pai no dia de sua graduação.O recorte de jornal dizia:

"Em dias passados foi conferido o grau de Doutor em Odontologia, ao senhor José Franco". Sua esplêndida tese , que tratou sobre – Comprovação Anatômica e Radiológica da Calcificação Dental Temporal – apresentada na Faculdade Nacional de Odontologia , mereceu os mais calorosos aplausos pelo seleto grupo de examinadores, sendo muito parabenizado nos círculos científicos.Vão para o novo Doutor nossas felicitações muito sinceras por ter recebido "Menção Honrosa da parte da Universidade e professores."

Que texto escrito para o meu pai tão lisonjeador! Hoje, depois de trinta anos, meu pai, não só é um dos mais reconhecidos cirurgiões Dentistas na aldeia, mas também na cidade de Madrid.

Minha mãe Blanca, é uma mulher muito sábia. Graduada na Universidade Nacional de Psicologia.

Ainda que meu pai não visse a necessidade de que ela exercesse sua profissão, ela aplicou todos os seus estudos conosco em casa.

Recordo-me que enquanto crescíamos, todo começo de ano nos fazia responder um formulário. Tínhamos que fazê-lo como tarefa. Tínhamos que responder todas as suas perguntas:

- O que você mais gosta na sua casa?

- O que mais você desgosta em sua casa?
- O Que mudanças você gostaria de fazer na sua casa, no que diz respeito ao seu pai, mãe ou irmã? Como lhe tratam?
- Que mudanças você gostaria de fazer quanto à comida?
  Qual é a sua comida favorita?
- O que você pensa de Deus?
- Como se sente em geral em relação a sua vida?
- O que você gostaria de estudar?
- Que mudanças você acredita que precisa fazer em sua vida pessoal, emocional e espiritual?
- O que necessita de seus pais para alcançar seus desejos?

Lembro-me de que minha mãe começou a fazer-nos responder essas perguntas desde que eu tinha dez anos. No começo, eu levei isso como uma tarefa e nunca pensei mais. Mas depois de vários anos entendi porque minha mãe fazia isto. Entendi que esta era uma maneira muito dissimulada de saber tudo o que tínhamos no coração enquanto crescíamos, assim tinha a oportunidade de ajudar-nos todo ano sem necessidade de broncas, ou repetições, pois ela sabia o que nós gostávamos, queríamos e não queríamos e tudo o que necessitávamos em todos os sentidos!

Incrível!Agora que já sou uma mulher, "graças a ela", não faço mais do que elogiá-la e louvar por sua sabedoria e entendimento.

Um dos momentos mais preciosos que passei com ela, foi quando aos quinze anos, eu comecei a desabrochar e enlouquecer-me por um de meus vizinhos. Ela estava muito preocupada de me ver bem louca e encantada com minhas ações de imaturidade.Eu era impulsiva e cheia de juventude.

Um dia ela me sentou na sala e me explicou tudo o que eu tinha que saber a respeito de me fazer mulher, as mudanças de vida, sexo e namoros.

Enfatizou-me muito que "pensasse com a cabeça primeiro e segundo considerasse o coração".

Eu irei sempre me lembrar do conselho que ela me deu para ter certeza de que eu estava selecionando corretamente e muito precisamente o homem de meus sonhos. Minha mãe deu-me uma lista, que iria um dia, ajudar-me a pensar com a cabeça primeiro, depois com o coração. Ela disse que eu deveria responder com grande sinceridade, de modo que eu tomasse uma decisão, que me beneficiasse mais no final.

Esta é uma lista de perguntas, que me recordo .

Quando você achar que encontrou o homem de seus sonhos, responda estas perguntas com grande honestidade e sinceridade para confirmar se essa pessoa lhe convém ou não:

-Como me afeta emocionalmente esta pessoa?

-Como esta pessoa me faz sentir? Eu me sinto feia ou desejável, quando eu estou com ele?

-De que maneira esta pessoa afeta o meu coração e mente?

-É essa pessoa uma força positiva ou negativa em minha vida?

-É essa pessoa realmente o que eu quero, ele é o homem de meus sonhos?

-Poderei viver com ele por toda uma vida e aceitá-lo exatamente como ele é agora?

-Que tipo de educação ele tem?

-Conheça primeiro a sua família! Sinto-me confortável e em casa quando eu estou com eles?Eles me deram sua aprovação?

-A família dele é muito grande e alvoroçada? (Cuidado!)

-Quantos filhos ele quer ter?Um? Dois? Nenhum?

-Quais são seus pensamentos sobre Deus? Ele teme Deus, ou não?

-Que tipo de moral ética, ele tem?

-Eu ficaria melhor sozinha do que com ele?

-Ele tem uma profissão? Ele pode me sustentar?

-Ele tem o dom de fazer dinheiro?

Isto é muito importante para as mulheres.(Ainda que esta última questão, minha mãe sinta que não deva ser à base de tudo, mas é o princípio de muito.)

Se você respondeu sim para a maioria ou para TODAS essas perguntas, parabéns! Você o tem encontrado!Este é o homem de seus sonhos!Então e somente então, você pode deixar seu coração se envolver.

Se a maioria das respostas foram negativas, então corra! ...corra! Este não é o homem para você. Não se envolva com ele, caso contrário você irá pagar por isso. Você quer sofrer?...Não? Então não o deixe em seu coração, é uma boa hora para correr, agora, antes que seja tarde.

Humm!...isto é muito sábio...eu lembro-me pensando, mas então eu disse:

-Mãe... você esqueceu uma questão muito importante para mim.

Minha mãe fez uma cara curiosa.

-Eu quero casar com um homem bonito, um que seja muito bonito e charmoso, como um príncipe.

Minha mãe deu gargalhadas ao ouvir isto.

-Minha querida! Isto não é o mais importante para sua felicidade. A beleza exterior se acaba rapidamente. Você deve viver com o que há no interior da pessoa, isto é o que é, o mais importante e o que lhe trará felicidade. Geralmente os homens que são bonitos fisicamente, não são os mesmos em seus corações.Eles tendem a ser falsos e superficiais. Eles tendem a se concentrarem mais neles mesmos, do que nos outros e isso é perigoso para nós.

-Ahhhhh! Então é raro obter beleza e qualidades juntas ou "o pacote inteiro"? Eu perguntei.

-Nãoooo, Sunita! A beleza interior é a melhor que podes encontrar e ela é constante e estável como uma rocha.Se você puder encontrar o pacote todo, melhor para você, mas isso é raro!

Ter uma mãe tão sábia é como um presente de Deus.

Anos mais tarde, eu encontrei uma das cartas dela de conselho, ela escreveu-me sobre o significado de amigos:

-Existem amigos, as vezes que são sinceros e outras vezes, eles são só amigos, enquanto haja dinheiro.Eventualmente eles partem e você nunca mais ouve deles.Mas você nunca deve desiludir-se da amizade.Ofereça sua amizade sinceramente, mas aprenda a esperar e aceitar decepção e desilusão.

Infelizmente é necessário escolher seus amigos, de modo que você se beneficie mais espiritualmente do que materialisticamente. Se você acha que você tem sido traído por um amigo, então se afaste dele e nunca o mencione novamente. Perceba que esta amizade nunca foi real e somente existiu em seus sonhos. Se por alguma razão, você tiver que ter contato com aquela pessoa, novamente, trate-o indiferentemente, mas não com desprezo ou ódio.

-Toda a amizade tem seus limites, procure sempre tratar os seus amigos com boas maneiras, gentileza, bondade e honestidade de todas as formas. Esqueça a grosseria e os maus modos.Não visite constantemente os seus amigos, pois eles se cansarão de você.Fique longe daqueles que usam você e não tem dignidade.

Este conselho é fabuloso!

Minha mãe querida, também nos ensinou algo bem sábio que nunca esquecerei e sempre trato de aplicar em minha vida. Ilustrou-nos a vida como sendo um jogo de xadrez!

Minha mãe dizia:

"O saber jogar xadrez é muito importante, pois ajuda a desenvolver a habilidade de pensar, de planejar de antemão, de ver jogadas perigosas e planejar as saídas, de conquistar e ganhar. Este entretenimento nos daria a sabedoria para navegar no labirinto da vida com mais certeza e menos dor".

Também dizia que se queremos conhecer bem os nossos amigos ou inimigos os convidamos para um jogo de xadrez; e enquanto jogamos, estudamos a reação do oponente. Estudemos como atua o candidato, quando perde peças.Como se comporta quando ganha jogadas.Olhamos se as colocam como loucos fazendo jogadas sem pensar, ou se tem muito cuidado e planejam cada jogada com grande precisão e tenacidade.Também dizia para nos focarmos muito bem nas reações agressivas, ou passivas do adversário.Assim iríamos à frente do jogo.Ela expressava que de certo modo, estudando estes momentos do jogo, era um bom treinamento para aplicá-los a realidade.

O que posso dizer de minha irmã menor, Clarita! Minha irmã querida. Ela é o contrário do que eu sou. Ela é pequena e delicada; eu sou alta e mandona. Ela tem cabelo loiro e ondulado. Eu tenho cabelo preto e liso.Seus olhos são claros como o mel;os meus são negros como o carvão.ela é doce e suave, eu sou agressiva e ríspida.Clarita nunca levanta a sua voz; eu sou a que discute e grita.Ela tem um olhar angelical e faz bem tudo.Eu sou forte e de inocente não tenho nada!

Lembro-me... quando nos metíamos em problemas, meus pais sempre acreditavam na Clarita primeiro e pouco acreditavam em mim, mas não me importava, eu aprendi a viver assim.

Agora, Clarita está em seus últimos meses de pediatria e muito em breve começará sua nova clínica em Madrid.

Clarita é uma grande irmã para mim, e sempre o amor que tem existido entre nós duas, tem sido muito real.

Vale mencionar a minha querida amiga de infância Carmina. Crescemos juntas e sempre será muito especial para mim.Estudamos no mesmo colégio e fomos à mesma Universidade.

Estudamos a mesma carreira de Administração de Empresas e nos graduamos na mesma época. Ela sabia toda a minha vida.Eu sabia tudo dela.

Perdi contato com ela faz um ano e não a tenho podido encontrar para convidá-la para o meu casamento. Que tristeza me vai dar de não vê-la comigo neste dia tão especial, pois quando éramos meninas, as duas sonhávamos juntas com este dia.Que tristeza de não poder vê-la!

Bom! Logo eu irei ver toda a minha família e isso me enche de grande emoção. Eles virão para o meu casamento.Eles estarão aqui para ver-me casar com meu "Príncipe Azul" , porque eu tenho finalmente o encontrado! Eu encontrei todo o pacote, pois Ronnie o tem todo!

Enquanto terminávamos o café, Roberto olhou para mim com grande interesse.

Então ele disse para mim:

-Parabéns Sunita...você tem uma família maravilhosa.Nós estamos morrendo de vontade de conhecê-los logo.

-Sim, vocês o encontrarão este sábado.Eu pessoalmente os apresentarei a vocês!

Levantando-me e me alongando um pouquinho, eu disse:

-Bom, já é tarde e me sinto mais calma, obrigada pela companhia.

A Ilusão do Amanhã

Capítulo 3

Os raios de sol entravam pela grande janela da sala. Eu podia ver o sol escondendo-se lentamente entre as nuvens e as águas bem verdes azuladas do mar, a vista do horizonte estava cheia de nuvens de cores vermelho escuro, amarela e mil nuances mais. Deslumbrante!

Aproximei-me da janela buscando Gustavo e a limusine que me iria pegar par levar-me ao aeroporto.

Ah! A Limusine já estava ali. Que alegria!Em umas poucas horas mais estarei com eles para abraçá-los e beijá-los. Saí rapidamente para encontrar Gustavo.

Esta era a primeira vez que tinha o luxo de entrar na limusine da oficina de Ronnie. Eu não sabia quem era o motorista, mas quando o vi, me surpreendeu ver um homem jovem, muito bonito. Alto e magro, bem vestido e de uma presença excepcional.

Enquanto íamos, no caminho, ele me contou que se chamava Gustavo Solís; que havia nascido no México e que estava terminando Arquitetura na Universidade de San José à noite e trabalhava em uma empresa de Arquitetos, durante o dia para financiar sua carreira e ao mesmo tempo ter a oportunidade de conviver com arquitetos e suas obras para saber mais.

-Então vamos a LAX, certo? Vem alguém especial?

Disse-me Gustavo muito ternamente.

-Sim! Minha família vem da Espanha em uma hora e meia. Não os tenho visto por muitos anos e estou uma pilha de nervos. Eles vêm para o casamento este sábado.

-Ah sim! Contaram-me no escritório do casamento do Senhor Waddell. Parabéns!

-Obrigada Gustavo. E você tem família aqui?

-Não. Toda a minha família ainda está no México e eu estou sozinho aqui. Eu entendo o que é estar longe deles.A família é o mais importante para mim.

Seguimos falando muito amigavelmente e depois de uns minutos chegamos ao aeroporto de Los Angeles ou LAX.

Gustavo me deixou na entrada do aeroporto. Enquanto saía da limusine, lhe dei umas últimas instruções.

-Gustavo; você pode nos pegar em uma hora. Sim? Muito obrigada!

Saí correndo para a sala de espera e bem inquieta, mordendo os meus lábios, as unhas, o lápis; qualquer coisa que eu encontrava. Ah, Deus meu! Quando vão chegar? A espera vai me matar!

Finalmente anunciaram a chegada do vôo e o avião aterrizou. Uma meia hora mais de espera e eu vi uma quantidade de gente que vinha saindo do terminal, me parecia ver o meu pai entre esse grupo. Eu parei na ponta dos pés para ver melhor...Sim! Sim! É ele! Que diferente ele está...!Quase não o conheci!

-Papai, paizinho queridooooo...

Corri até ele, me atirei em seus braços e o sacudi fortemente. Enquanto em meu abraço, me impressionei, por sentir seu magro e frágil corpo. Seu cabelo branco, sua pele pálida e translúcida.Já não era o gigante, vigoroso, cheio de vida, que eu me lembrava.Estava bem envelhecido, muito lento e fraco ao caminhar.

Partia-me a alma vê-lo assim, mas ao mesmo tempo, dava graças a Deus porque ele ainda estava vivo e ainda podíamos passar momentos felizes como este de hoje.

-Sunita, minha boneca! Disse meu pai. Como está linda!

Beijou-me na bochecha muito ternamente. Seus olhinhos se encheram de lágrimas e suas mãos tremiam ao abraçar-me suavemente. Choramos em um abraço de alegria.

Rapidamente a uns passos atrás, minha mãe Blanca vinha. Escutei sua vibrante e alegre voz.

-Mamãe!

Corri para o seu lado e sem palavras nos abraçamos e choramos de emoção. Ela parecia muito magra também e estava muito frágil. Tinha seu cabelo branco e bonito, seu corpo languido, mas sua aparência de senhora e sua vivacidade eram tal e qual eu a lembrava, de anos atrás.

Enquanto estávamos entrelaçadas em um terno abraço, lentamente eu senti uma mão balançando o meu ombro firmemente e chamando-me;

-Sunita! Sunita!

Rapidamente virei o meu rosto para olhar quem era e encontrei a figura esbelta, alta, querida e inocente. A figura tem um cabelo longo, loiro, dourado como o sol e uns olhos verdes como esmeralda requintadamente maquiados com sombras café, verde e marfim.

-Claritaaaaa? Que linda lhe ver mulher! Agora você é uma mulher crescida!

Não podia acreditar! Minha irmã! A qual deixei anos atrás, como uma criança magra e sem sal; e agora, olho! Não consigo entender.

-Parece uma rainha da beleza! Que linda você está!

Clarita me corresponde também com um forte abraço e suavemente me sussurrou ao ouvido.

- Menina! Temos-lhe outra surpresinha!

Retirei-me do abraço rapidamente e respondi.

-O que tu disseste? Surpresinha? O que queres dizer?

Clarita me disse...

-Feche os olhos querida e já verás!

O que será? – Pensei... Continuei a fechar os meus olhos, com uma curiosidade que me matava.

-Espere por uns segundos... Clarita disse:

-Ok. abra os olhos já!

Ahhhhhhh, o que vejo!Ah Meu Deus! Não posso acreditar!

- O que faz aqui Carmina! Que surpresa!Não posso acreditar Virgem Puríssima, me belisco, pois parece que eu estou sonhando!

- Não! Não querida. Não é um sonho, só a realidade! Teus pais me encontraram faz uns dias no "Armazém de Novidades" e me contaram de seu casamento e por nada eu o iria perder.

-CARMINA! Você está aqui!

Gritava como louca. Carmina. Minha amiga e sempre, minha amiga vizinha, minha amiga de colégio, minha amiga de Universidade, minha amiga querida, a que eu tenho estado buscando por todos estes meses.

- Obrigada, obrigada querida por vir! Não imagina quantas vezes eu tenho pensado em ti. Não pude te encontrar no telefone que eu tinha e nunca me escreveste. Mas você já está aqui.Não a reprovo.É uma honra ter-lhe hoje aqui, para participar em meu dia tão feliz.Mil obrigadas por vir Carmina, minha vida está completíssima , agora com você aqui.

Meus pais e Clarita em especial, sabiam o que ela significava para mim. Todos com lágrimas nos olhos prosseguimos a recolher as malas, rindo e chorando de tanta emoção.

Saímos para pegar a limusine com milhares de malas. Gustavo já nos estava esperando na saída internacional do aeroporto.

Gustavo saiu muito rápido da limusine para ajudar-nos a colocar todas as malas atrás na porta mala. Quando Gustavo pegou as malas de Clarita, notei os olhos tão grandões que abriu quando a viu pela primeira vez! Hummm... Acredito que isto sim é "amor à primeira vista."

Foi como uma explosão de mil rojões ao ar. O pobre Gustavo permaneceu hipnotizado e mudo com a presença dela.

Eu fiz como se não tivesse notado nada.

Finalmente entramos todos na limusine e fomos para casa, rindo falando e recordando. Brindamos pela chegada sã e salva de todos, por nosso grande encontro, por nosso casamento, pela família e a amizade.

Notamos que desde que saímos do aeroporto, Gustavo não tirava os olhos de Clarita. Ela também respondia encantada a seus elogios e sorrisos. Quando chegamos o convidei a comer uns tira gostos, que havia preparado para a família. Além disso, Clarita o tinha me sugerido.

Acomodei os meus pais no terceiro piso no quarto que tinha Conchita quando nos vinha visitar aos finais de semana. Clarita e Carmina se acomodaram no quarto de hóspedes no segundo piso.

Convidei Gustavo para ficar no sofá na sala. Ronnie viria no dia seguinte e Gustavo nos teria que levar a casa de Patrícia e Conchita, para levá-las ao aeroporto. Gustavo ficou muito agradecido pelo convite.

Sentimos muito a falta do noivo, mas meus pais entenderam que Ronnie trabalhava em outra cidade. Logo o iriam ver, amanhã à noite na comida que tínhamos planejado para a família no Clube.

Depois de tanta alegria e arrematados de cansaço, nós fomos descansar...

A Ilusão do Amanhã

Capítulo 4

Levantei- me muito tarde, pois à noite caí cansada com tanta agitação e alvoroço recebendo a minha família. Estava acabando de me arrumar quando Ronnie chegou para buscar-me para ir pegar Patrícia e Conchita. Ninguém havia se levantado, pois todos estavam ainda dormindo, cansados pela tão longa viagem. Assim que, sem fazer muita algazarra saímos do apartamento.

Parecia que o coitado do Gustavo não havia dormido muito bem no sofá. Ele estava bem cansado.

"Todo o caminho rumo à casa de Conchita, Ronnie e eu falávamos intensamente de minha família e do encontro com minha amiga favorita, nossa "Lua de Mel" que íamos passar em Maui, o Hotel onde havíamos feito reservas e toda a ansiedade do casamento. Falávamos e nos beijávamos por todo o caminho. Quando chegamos à casa de Patrícia para pegá-las, vi a Conchita olhando pela janela...

- Ah! Olhe a Conchita perto da janela esperando-nos. Que bela. - Ronnie gritou-

Logo saímos da limusine para encontrá-las. Conchita correu com os braços abertos até Ronnie gritando papaiiii.

Quando se encontraram, Conchita pulou nos seus braços e deu-lhe um abraço e um beijo muito terno. Depois de um longo, longo, longuíssimo abraço, a colocou no chão e veio correndo para mim para abraçar-me e beijar-me, também.

Eu a abracei muito ternamente e lhe dei muitos beijinhos em sua bochechinha.

-Conchita, olhe! Trouxe-lhe essa bonequinha para que brinque com ela no avião. Você gosta?

A boneca era de mais ou menos 15 centímetros. Ela tinha um vestidinho branco com uma jaquetinha de camurça gris rosa. Trazia meiinhas brancas acompanhadas de sapatinhos rosa de couro macio. O cabelo era longo, loiro e encaracolado. Seu rosto bonito com olhos azuis bem grandes. Eu a comprei, pois se parecia muito com a Conchita.

Conchita pegou a bonequinha e a abraçou ternamente Deu-lhe um beijinho na frente... Olhou-me com seus olhos verdes lindos e perguntou:

-É esta uma Barbie, Sunita?

-Ah meu amor, eu não sei se é Barbie ou não. O que sei é que vai te entreter no avião durante a viagem. Você gosta?

-Sim claro!Eu já a adoro.

-Você sabe como ela se chama?

-Não Conchita.

- Visto que você é a mãe agora, tem que pôr-lhe um nome. Ocorre-lhe algum?

-Mmm... Que tal Pepi?

-Bom Conchita. Pepi será o nome dela de agora em diante.

-Obrigada Sunita, lhe gosto muito. — Me abraçou e me beijou ternamente.

Conchita parecia com uma bonequinha. Tinha um vestidinho vermelhinho acompanhado de meias brancas e seus sapatinhos vermelhinhos também. Seu cabelo era como a cor do mel e ondulado como as ondas do mar.

Bruscamente, seus olhos grandes de esmeralda se dirigiram rapidamente para a sua mãe Patrícia, a qual me olhou com bastante desdém...

-Olha mamãe! O que Sunita me tem presenteado.

-Ah! Sim meu amor. Que linda!Disse-lhe obrigada? Murmurou Patrícia entre os dentes.

Conchita respondeu com um olhar gentil e de afeto:

-Sim mãe! Já lhe disse!

Patrícia se virou para mim com grande indiferença, mas com agradecimento e me deu um sinal de aprovação por minha ação, balançando sua cabeça de cima abaixo uma só vez.

Ronnie se virou para Patrícia e lhe perguntou com uma voz rouca e sem amor...

-Você tem algo que queira que eu faça em sua casa enquanto você estiver em Chicago?

-Não Ronnie! Obrigada por perguntar! Já tenho tudo em ordem.

Patrícia respondeu com a mesma secura. Neste momento todos nós prosseguimos para subir na limusine e nos dirigimos até o aeroporto LAX.

Na ida, Ronnie e eu brincamos com Conchita e sua nova boneca "Pepi". Patrícia estava muito séria e não falou conosco todo o caminho. Quando chegamos e enquanto Gustavo tirava as malas do porta-malas da limusine, Ronnie se despediu de Patrícia:

-Bem, então mil beijos a minha mãe e cuide muito bem de minha Conchita, por favor.

Patrícia respondeu com rebeldia,

-Você sabe que o farei e muito bem!Cuide-se você também! Adeus!

Dei a Conchita um beijo e um abraço final. Seu pai fez o mesmo e jogando-nos beijos, Conchita e Patrícia caminharam para passar na máquina de segurança e entrar na sala de espera.

-Adeus papai! Nos veremos logo. Beijinhos...

Grita Conchita enquanto acenava seu braço de lado a lado dizendo adeus.

-Adeus meu amor! Cuide-se bem e cuide de sua bonequinha "Pepi" também!

-Sim papai! Eu a terei comigo todo o tempo! Tchau!

Eu senti um nó na garganta. Tentei não chorar. Virei-me para ver o Ronnie. Lágrimas rolavam por suas bochechas, quase fora de controle, mas como homem orgulhoso, as limpou rapidamente e se recompôs. Apertou minha mão fortemente e comentou comigo:

-Bom minha querida Sunita. Agora é tempo para nós dois. Vamos! Amanhã será o nosso grande dia e temos muitas coisas ainda para fazer.

-A idéia é maravilhosa meu amor. Vamos.

Voltamos à limusine e muito contentes seguimos falando do casamento e de todos os preparativos, enquanto Gustavo nos levava a todos os lugares que tínhamos coisas que tratar... Fomos ao fotógrafo. Visitamos a empresa encarregada de servir a comida e o aperitivo. Confirmamos a música.

Assim mesmo passamos pela padaria para confirmar a encomenda do bolo.

Tudo estava em ordem!

Ainda que todas essas diligências distraiam um pouquinho o Ronnie, ele ainda se via aflito e preocupado com Conchita. Especialmente porque era a sua primeira vez voando, e também era a primeira vez que se separavam por várias semanas.

Depois de várias horas, começou a acalmar-se um pouquinho. Creio que há tal hora já teriam chegado a Chicago.

-Olha meu amor, porque não vamos comer algo no restaurante "Tropical", o qual é bem perto daqui. Já estou morrendo de fome!Depois nós vamos para casa, para que você veja a minha família e mais tarde vamos todos comer no clube. Parece-lhe bom?

-Perfeito Sunita! Vamos comer! Eu também já tenho fome!

Quando chegamos ao restaurante "Tropical" Gustavo disse:

-Olhe a quantidade de pessoas que tem na entrada do restaurante!Nós vamos ter que esperar. Ainda quer entrar?

-Sim! Entre no estacionamento e entramos – Ronnie respondeu. Podemos ir ao bar e beber algo enquanto nos chamam!

Quando entramos, vimos uma quantidade de pessoas rodeando uma televisão localizada na sala de espera.

- O que está acontecendo? Há algum jogo de futebol, hoje?

Perguntou Ronnie, a um dos garçons do restaurante.

-Não, parece que tem tido uma emergência com um avião que estava tratando de aterrizar em Chicago!

-Ohhh! Nãoooooo!

Grita Ronnie desesperado. Seu rosto se tornou tão pálido como um papel.

-Que tipo de emergência? Você sabe?

Sem deixar que o garçom respondesse, Ronnie correu para a salinha onde tinha a televisão. Empurrando as pessoas, ficou rapidamente mais perto para ouvir as notícias.

Gustavo e eu o seguimos de perto. Ronnie estava tremendo e as malditas notícias não diziam claramente de onde vinha o avião ou em que estado estavam os passageiros.

Eu tratei de consolar-lhe desesperadamente.

-Não! Não meu amor. Não pode ser o mesmo avião que Conchita pegou. Não pode ser. Ah coração, acalme-se!

De repente o noticiário repetiu em uma breve e urgente notícia:

"Interrompemos a programação para informa-lhes que um grave acidente tem ocorrido no aeroporto Internacional O'Hare de Chicago, esta tarde".

Enquanto tratava de aterrizar, o vôo número 577 da linha aérea; vindo de Los Angeles, caiu em chamas na pista número dois. Repentinamente e sem nenhum chamado de emergência se precipitou ao solo descontrolado e explodiu inexplicavelmente. As ambulâncias e pessoal de resgate estão no local tratando de apagar as chamas e de ajudar a resgatar sobreviventes. Se você tem familiares ou amigos neste vôo, por favor chamar o 888-379-1211 para mais informação.Com isto, voltamos a programação atual".

Ronnie estava paralisado.

-Não pode ser! O que está acontecendo?-Repetia Ronnie – minha Conchita! - Não a posso perder!Deus meu!-não deixe que nada lhe aconteça, por favor! Peço-lhe Senhor...! Não deixe que lhe aconteça nada! Ahhhhh... Naõoo! Tremendo de desespero, chorava sem consolo.

Gustavo e eu nos olhamos e ficamos sem palavras. Não sabíamos o que fazer. Que horror! Que incrível é tudo isso. Sinto minhas pernas tão trêmulas como as de bonecas de trapo. Minha mente não pode pensar! Que faço Senhor!

Ronnie correu para a limusine e Gustavo e eu atrás. Ronnie gritava...

-Leve-me ao aeroporto Gustavo. Leve-me já! Tenho que saber o que se passa, tenho que saber o que está acontecendo com a minha Conchita. Corre, vem, corre.

A viagem para LAX nos pareceu uma eternidade. Gustavo ligou o rádio da limusine para nos informar mais. Diziam que parecia que tinha acontecido uma explosão quando o avião estava a ponto de aterrizar. Não havia esperança de sobreviventes.Ronnie seguia tremendo...

-Não se altere tanto Ronnie. Talvez tudo esteja bem, e estejam falando de outro avião.

Dizia-lhe enquanto lhe pegava a mão e acariciava sua pele.

- Não! Sunita. "Sim é o mesmo vôo" Eu me recordo quando me despedi de Patrícia, eu vi a passagem. Ela a tinha aberta em sua mão. Lembro-me de ver o número 577. Nãoooo esse é! Nãoooo! Eu sei!...Vi o número! Vi o bilhete! Eu sei! Esse é! O que eu vou fazer sem a minha Conchita. Minha Conchita!

Gritava desesperadamente, colocando suas mãos nos olhos.

- O que vou fazer sem ti... Minha Conchita. Filha do meu amor!

Chorava e dizia coisas sem sentido. Estava inconsolável. Não respondia as minhas carícias, conselhos, palavras, nada! Ele estava bem focado no desastre. Não raciocinava. Estava louco de nervos. Finalmente chegamos e Gustavo nos deixou no terminal onde havíamos estado nos despedindo umas horas atrás. Corremos juntos até a estação da linha aérea.

Ali havia muita gente tão desesperada como nós estávamos. Sem controle algum se meteu por entre as pessoas para falar com uma das várias pessoas da linha área que estava atendendo todas essas pessoas desesperadas por terem mais notícias. A senhora que o atendeu foi muito amável e rapidamente confirmou o vôo e o nome de Patrícia e Conchita como passageiras deste trágico acidente.

A companhia aérea o convidou a levá-lo a Chicago imediatamente. Estavam levando somente os familiares.

Ronnie me olhou com desespero como me pedindo que o deixasse ir. Sem pensar duas vezes, dei-lhe a minha aprovação com a minha cabeça...

-Sim, Ronnie. Eu sei que você tem que ir. Não se preocupe. Aqui eu cuido de tudo.

Deu-me um sorriso de aprovação, um abraço e um beijo e correu. Então... O vi desaparecer rapidamente de minha vista. Fiquei atordoada quando não o vi mais. Partiu! Eu não posso acreditar! Partiu! Patrícia tem me tomado-o outra vez! Maldita!Já a vejo zombando de mim. Rindo e dizendo; se não é para mim, tampouco é para ti!Maldita! Mulher Maldita! E agora o que faço? Patrícia me tomou-o outra vez. O que vai ser de meu casamento amanhã? Que humilhação me vai trazer esta mulher?

Estava paralisada. Senti que o meu coração foi arrancado do meu peito de um momento para o outro, deixando um imenso oco. Um vazio incrível. Tremia também de nervoso, da angústia tão espantosa de saber que sim, esse era o avião onde viajavam.

Sentia raiva e dor. Queria gritar. Sentimentos de vingança corriam por minhas veias. Sentimentos de desespero.

Estava descontrolada. Minhas lágrimas rolavam pelas minhas bochechas como jorros correm por uma cascata... Agora sim! Minha vida está arruinada!

Como vai reagir Ronnie, com esta tragédia tão grande?Pensava em Conchita e que sua morte tivesse sido instantânea. Que horror!Não quero nem pensar como ocorreu...

Retornou a limusine passo a passo, como não querendo chegar aonde Gustavo nos esperava. Ele quando me viu gritou...

-E onde está Ronnie! O que aconteceu?

-Ronnie vai ser levado pela companhia aérea a Chicago em alguns momentos. Estão levando todos os familiares para lá.

-Então, este sim era o vôo, aonde iam Patrícia e Conchita?

-Sim, Esse era o vôo, Gustavo! Foi confirmado. Não sabemos ainda o que aconteceu com elas, mas penso que não há sobreviventes.

-Por que não telefona para ver como ele está?Pareceu-me vê-lo a beira da loucura. Não acho que ele deveria estar só.

-Sim, vou ligar para ele.

Quando liguei, o telefone dele começou a tocar na limusine. Ronnie o havia deixado no assento, quando na vinda tratava de chamar a sua mãe em Chicago.

Gustavo e eu nos olhamos com incredulidade. O que mais podia acontecer? Agora temos que esperar até que ele chegue à Chicago e nos telefone com notícias. Nós ficamos na limusine por uns minutos sem poder falar e sem incentivo para continuar. Não podíamos acreditar que isto estava acontecendo. Isto parecia um sonho, um pesadelo do qual queríamos despertar.

-Gustavo! Você sabe o que está acontecendo?Isto significa que não vai haver casamento amanhã. Esta noite temos um jantar no clube!Temos que cancelar tudo! Você imagina?Lancei-me a chorar desconsoladamente não somente pelo o que eu estava passando, mas de pensar também em Conchita.

-Sunita!Eu vou te ajudar em tudo o que eu puder. Tens que ser muito forte agora!Isso não é culpa do Ronnie! Você o conhece bem!Se você quiser, eu ligo para todos os convidados e lhes digo que devido à tragédia aérea, que tem ocorrido com a família dele, o casamento vai ser adiado! Eles entenderão!Não é que Ronnie tenha te deixado plantada, isto é diferente!Entendo-o!

-Obrigada por sua pequena ajuda. Minha cabeça está dando muitas voltas, agora mesmo não sei por onde começar. Vamos para a casa Gustavo e que Deus me ajude a dar esta notícia aos meus pais!

-Sim, já te levo Sunita!...

Capítulo 5

Quando Gustavo e eu entramos em casa, já todos estavam de pé e muito ansiosos para ver o Ronnie. Estavam prontos para desfrutar de um grande jantar que tinham organizado para a noite e receber todos os amigos que haviam convidado. Tudo estava organizado. Nem minha família, nem ninguém em casa havia sido informado da tragédia.

Quando chegamos em casa minha mãe saiu para receber-me. Estava tão contente de ver-me, que correu para me abraçar. Eu estava tão triste, preocupada e desiludida da injustiça desta vida contra Conchita e nós. Eu queria me meter em um buraco na terra e não aparecer até esta tragédia ter desaparecido de minha vida. Minha mãe ao ver-me com uma cara transformada em dor, ficou paralisada e perguntou...

-Filha o que se passa?Porque você está assim? Onde esta o Ronnie?

Comecei outra vez a chorar fora de controle. Tinha um nó na garganta que não me deixava falar. Minha mãe toda assustada perguntou ao Gustavo...

-O que aconteceu, por Deus, o que acontece com a Sunita?

Antes que Gustavo pudesse responder, toda a minha família havia se reunido ao meu redor. Meu pai perguntou muito angustiado...

-O que está acontecendo? Porque choras, Sunita?

Clarita, minha mãe e Carmina me abraçaram, apertaram as minhas mãos desesperadas, tratando de averiguar que coisa tão terrível havia acontecido para que eu ficasse assim. Gustavo ao ver que eu não podia dizer nenhuma palavra interrompeu e disse:

-Sinto muito em comunicar-lhes que o avião que Conchita e Patrícia voavam para Chicago esta manhã, caiu quando tratava de aterrizar no aeroporto. Parece que não há sobreviventes.

Quando ouvimos a notícia esta tarde fomos ao aeroporto. A companhia aérea está levando todos os familiares para Chicago e Ronnie agora mesmo, está indo rumo à cidade.

- Comooo?...Gritaram todos! Mas não pode ser! Sunita meu amor, que dor tão angustiante, sentimos muito, filha.

Não podia falar de dor e lágrimas. Escutando Gustavo contar a história me deu mais desespero. Levantei-me rapidamente e corri para o meu quarto a chorar e a gritar minha infelicidade...

-Não quero ver ninguém! Não quero ouvir ninguém! Deixe-me sozinha! Não maissss! Não quero ouvir mais! Ahhhhh!...Eu quero morrer!

Arranquei fortemente o anel que Ronnie me havia dado há um tempo na Espanha simbolizando a nossa união e o atirei com grande força e desdém em uma gaveta, na minha mesa de cabeceira.

Gritando enlouquecida, segui com raiva...

- Isso é tudo que eu quero fazer! Eu quero morrer! Eu não suporto mais!

Deixaram-me sozinha no quarto a gritar, meus pais reconheceram que eu estava inconsolável. Fiquei chorando por horas. Que dor tão terrível de cancelar o meu casamento! Todos os compromissos! Todo o esforço que fizemos! Todo esse dinheiro! Minha amiga Carmina que tinha vindo de tão longe para ver o meu casamento. Que vergonha, teve que testemunhar minha infelicidade.

Meus pais estavam em transe. Não sabiam o que fazer nem como consolar-me. Gustavo ligou a televisão e todos se sentaram na sala para ouvir mais notícias.Todos estavam mudos.

Mais tarde, minha mãe veio a minha cama e me deu umas pastilhas para acalmar-me os nervos e me puseram a dormir.

Meus pais tiveram o trabalho difícil de chamar a todos os convidados e cancelar a comida que teríamos preparada para esta noite e também de cancelar o casamento no dia seguinte. O casamento seria anunciado para um futuro, que anunciariam mais tarde. Carmina e Clarita dividiram as telefonemas para cancelar a "Lua de Mel", O Hotel, as passagens... Gustavo se encarregou de cancelar todos os arranjos, que haviam feito esse dia com o Ronnie, a música, a confeitaria, a igreja.

Eu não queria fazer nada mais do que morrer. Minha mãe me mantinha com calmantes para que eu pudesse dormir e não tivesse tempo de pensar.

Às vezes, eu despertava gritando dos pesadelos que eu tinha com a Patrícia. Ela estava rindo de mim. Dizendo que esta era a sua vingança... Sim, conseguiu! Mulher maldita! A odeio!O levou outra vez do meu lado.

Vários dias se passaram e Ronnie, todavia não ligava. Tratamos de localizar sua mãe em Chicago, mas lá, tão pouco respondiam.

Não havia maneira de encontrá-lo, e Ronnie não telefonava. Não me ligavam Ronnie não me ligava... chorava e gritava sem cessar.

Eu o tenho perdido, mamãe, eu o perdi outra vez!

-Filha, não se atormente! Não sabemos o que ele pode estar passando. Tenha paciência. Dá-lhe uns dia mais. Pela notícia que ouvimos na televisão, o acidente foi bem assustador. Quem sabe por quais dificuldades estará passando o coitado.

-Sim mãe. Eu entendo que foi assustador e quem sabe que coisas mais têm acontecido. Mas eu só estou pedindo uma ligação.

O que... Ele não sabe que me deixou aqui sozinha esperando? O que... Ele não entende que me deixou plantada?

Eu entendo que minhas amigas e família entendem as circunstâncias, mas ainda, me deixou presa e bem plantada no dia do meu casamento. O dia que se supunha que iria ser o dia mais feliz da minha vida. E isto é o que eu recebo?Não!É o cúmulo que ele tenha me deixado assim!

-Filha, por enquanto, não resta mais do que esperar que ele lhe chame em alguns dias, dê-lhe um tempo, por favor, ponha-se no lugar dele, de perder sua filha. Coitadinho! Você tem que ser muito forte Sunita e demonstrar que é feita de ferro e não de barro! O ferro aguenta as tempestades e fica firme e forte, sem se importar se lhe atiram água ou fogo. O barro desmorona e funde-se com o solo, com apenas umas gotas de água. Você é feita com força meu bebê! Eu lhe ensinei a lutar e ser resistente, e isso é o que você vai fazer até que tenhamos respostas!

-Sim mãe! Eu entendo o que você me diz! Mas como posso parar essa agonia?

-Deixe-a sair do seu corpo, na forma que ele peça!Comece uma terapia para sua mente e seu espírito!Vá à praia para correr e clarear sua mente!Comece a escrever o que sente, assim tira a energia, também, e, além disso, é calmante. Você agora está como um vulcão tratando de explodir. Você tem que abrir um escape a todo esse vapor, para que saia facilmente e não destrua a sua vida sem piedade.

Minha pobre mãe, já não tinha mais palavras de consolo para mim. Eles estavam sofrendo muito de ver-me tão frágil, tão fraca, sofrendo assim.

Gustavo vinha todos os dias e ajudava em tudo o que ele podia. Todos estavam sempre muito atentos a todas as minhas necessidades e me sentia protegida de certo modo, mas eu sabia que isto não iria durar muito e temia o dia que todos fossem para a Espanha.

Passaram-se vários dias e certamente o tempo chegou para minha família retornar a Madrid. Meus pais haviam estendido as férias por vários dias e já não podiam ficar mais. Clarita tinha que voltar à universidade e Carmina tinha que voltar aos seus estudos e ao seu trabalho.

A única coisa boa que aconteceu em todo esse tempo é que Gustavo e Clarita se enamoraram perdidamente um do outro. Este foi um amor a primeira vista, desde o momento em que se conheceram. Desde então, Gustavo vinha visitá-la, quase todos os dias. Ele ajudou a fazer muitas das atividades, que eu tinha que fazer, mas não conseguia por causa da condição de miséria que eu me encontrava.

Nos tempinhos livres que Gustavo tinha, saiam juntos a caminhar pela praia, em outras ocasiões levava a família a conhecer os diferentes lugares turísticos, nos arredores de Los Angeles, o Observatório, as praias de Santa Monica, Beverly Hills e suas famosas lojas. Um dia me tiraram de minha cama e me obrigaram a ir a Disneylândia, pensando que eu me distrairia e teria um bom tempo, mas a experiência foi desastrosa para minha alma e meu espírito, pois em cada passo recordava o dia em que Conchita e Ronnie visitaram juntos o lugar, rindo e desfrutando de cada momento. Que dia tão miserável eu passei!Mas tive que fazer o esforço de ir, por meus pais, eles não mereciam ficar em casa todos os dias sofrendo junto com o meu desespero, choro e lamento.

Que pena me dava de meus pais me verem sofrer assim, eu sei que eles estavam muito machucados com o acontecido e sentiam muita pena de mim. Bom, mas com umas poucas palavras, eu direi que Gustavo foi maravilhoso e me ajudou muitíssimo a distraí-los e levá-los a passeios.

Como tudo, o dia se aproximava para o retorno de todos a Espanha. Gustavo fez reservas no Café Marfil para celebrar a despedida.

Todos nos reunimos como família, mas com o grande vazio de meu Ronnie. Sentamo-nos no terraço uma noite inspiradora coberta de estrelas e com uma lua cheia inesquecível. Depois de comer peixe e frutos do mar muito elegantemente, começamos a afogar nossas tristezas com tequilas e margaritas de limão. Gustavo e Clarita choravam porque se separariam por uns meses e minha família e eu por toda a tragédia passada. O que mais dizer! A noite foi memorável.

Rapidamente nos encontramos novamente no aeroporto chorando e dizendo adeus. Meus pais estavam tristes, mas minha mãe me disse que confiava em mim e na educação que eu havia recebido dela, que eu seria vitoriosa, cessado o que acontecera bom ou mal. Abraçamo-nos, e beijamos e dissemos Adeus.

Gustavo estava chorando destroçado de separar-se de minha irmã, mas ele prometeu-lhe um curto "Adeus!" Se beijaram e se abraçaram como em uma eterna e memorável despedida. As lágrimas corriam por todas as partes e todos estavam traumatizados por todos estes acontecimentos.

Depois de deixá-los no aeroporto, Gustavo e eu fomos ao "Café Marfil" para tomar umas cervejas e descarregar tanta tristeza. Passamos toda a tarde juntos, falando e recordando o passado.

O dia terminou muito triste e se tornou muito pior, quando me encontrei sozinha no meu quarto. A ausência de meus pais e de minha irmã e todo o rebuliço havia desaparecido e agora só ficam meus pensamentos atormentadores, minhas incertezas, o vazio da solidão e milhares de perguntas que passavam por minha mente, como raios querendo destruir seu caminho e queimar tudo por onde passava. O que aconteceu com o meu casamento? O que aconteceu com a minha "Lua de Mel" em Maui? O que aconteceu com a felicidade e a alegria que eu tinha antes? O que eu faço aqui em casa, sozinha e com esta grande dor? Que difícil era para eu dormir. A única coisa que me deu alívio essa noite foram às pílulas para dormir que a minha mãe deixou.

Pensei que no dia seguinte, provavelmente eu iria me sentir diferente, mas desafortunadamente a dor ainda estava em meu coração e não sabia o que fazer para saná-la. Tenho que pensar o que vou fazer com a minha situação, ou do contrário vou enlouquecer. - pensei...

Tenho que fazer algo para esquecer... Minha mãe me disse que talvez escrevendo minhas recordações, iria me ajudar mentalmente. Sim... vou escrever a minha história, sinto que isso poderá me ajudar... Minha mãe tem razão...

Rapidamente peguei um lápis e um bloco de anotações e comecei a escrever.

A Ilusão do Amanhã

Capítulo 6

Sentia-me com o coração bem apertado! Sangrando por todos os lados. Passava os dias fechada em casa, esperando o momento quando Ronnie entraria pela porta ou me daria uma telefonema. Por que não telefonas? Que culpa tenho eu deste desastre? Por que me castigas sem sua presença e teu amor? Onde está coração?Eu sei que voltarás! Aqui lhe espero a cada dia. Cada hora... Cada momento.

Finalmente decidi sentar-me na escrivaninha que tinha no meu quarto, localizada atrás da janela grande. Dali podia ver toda a baía, o mar, os veleiros e especialmente os entardeceres tão bonitos que se avistavam no horizonte. Com grande esforço, continuei escrevendo o que sentia no momento... depois comecei a recordar o nosso passado...

Dizem-me que há um céu azul e que o sol brilha com esplendor.

Dizem-me que o mar está calmo e brilha como um espelho. Que na praia, há milhares de aves voando, assobiando, todas brincando com o vento e as ondas do mar.

Dizem-me que o ar é suave, fresco e as árvores balançam em ritmo, cantando em um único som, uma canção.

Por que me dizem que há um Deus que nos ama e o amor de suas criaturas em torno de nós? Onde? Deus meu! Onde está tudo isso?

A única coisa que vejo são nuvens de tempestade, ao invés de um céu azul. Tormentas no horizonte em vez de calma. Bosques obscuros com feras selvagens prontas para rasgar e matar. Solidão e desespero estão ao meu lado e um Deus que está muito longe de mim.

Como tenho chegado nesta situação negra? Como é que não posso ver ou sentir toda essa maravilha que senti antes?

Tudo tem sido tão repentino, tão sutil, tão instantâneo que de um momento para o outro tenho me encontrado presa do tempo, do presente e do passado, sem qualquer movimento para enfrentar.

Agora só vejo um destino negro, minha angústia e desespero, minha solidão e vazio em meu coração, que me rasgaram de dor.

Por que não compreendi antes o momento? O que havia se passado? A quem posso culpar? Ronnie por seu abandono?Patrícia por sua maldição? O terrível acidente que lhe tirou a sua linda Conchita?A companhia aérea? E se alguém é culpado, quem?Como podem ajudar-me a aliviar a minha dor? A devolver-me o meu amor?

Não entendo!Como deixar de sentir?Como poder voltar a viver a alegria que tínhamos antes? Só você Ronnie. Só você pode me ajudar! Só a **ilusão do amanhã** me mantém viva, pois você me chamará sim, amanhã me chamarás.

Ah... Ronnie... Como eu me lembro! Como eu penso em você.

Vejo esse grandioso corpo. Musculoso. Alto. Poderoso e viril. Sua presença impecável. Seus olhos verdes como o mar e seu cabelo preto como o carvão. Sua pele dourada pelo sol tão radiante e juvenil. Vejo sua grandiosa barba azul rodeando seu rosto. Suas mãos tão fortes e delicadas ao mesmo tempo. Sua maneira gentil de falar, ainda escuto o sussurro de sua voz, a qual é capaz de acalmar as águas mais turbulentas de um mar agitado. Oh Ronnie, onde você está?

Quando me recordo da primeira vez que lhe vi naquele saguão da Universidade em Madrid. Vinha agitado, preocupado e corria perdido pelos corredores. Encontramo-nos caminhando em vias opostas. Você acelerou e com sua mão me fez um sinal de que pararia, quando lhe vi, senti que você estava em um aperto bem grande e que necessitava de ajuda, foi então quando parei de caminhar e lhe escutei dizer:

-Perdoe o incômodo senhorita. Hoje é o meu primeiro dia na Universidade e estou um pouco perdido. Pode me dizer, como posso chegar à reitoria?

Ahhh! Esta foi a primeira vez que lhe vi. Logo que parei a minha caminhada fiquei gelada ao olhar-lhe. Meus olhos ficaram imobilizados, fixados nesses olhos verdes esmeralda, nessa estatura tão viril e nesse sorriso tão cativante. Eu fiquei sem respiração. Estava fascinada de ver esse rosto de anjo, mas ao mesmo tempo de troiano, lutador, gladiador na arena. Esse instante foi sensacional e ficará gravado em minha mente para sempre! Quando escutei a voz dele, eu fiquei ainda mais imóvel. Essa voz!... Eu já escutei essa voz! Que estranho!

Senti que já nos conhecíamos há anos. Senti um arrepio quente e frio ao mesmo tempo. Meu coração saltou... Como dizendo: Finalmente! O tem encontrado! A outra parte de sua vida está aqui! Que reação tão estranha e tão especial! Forçando-me a trocar de estado de surpresa para o meu estado normal, rapidamente respondi:

-Sim! Sim!Vá ao próximo edifício, é no primeiro andar do lado esquerdo.

Não querendo que ele andasse e tendo a grande necessidade de encontrar o porquê dessa reação química, que me havia ocorrido, me apresentei timidamente, antes dele desaparecer de minha vida para sempre...

- Meu nome é Sunita Martin, qual é o seu nome?

Notei sua cara de surpresa, por minha introdução repentina. Sem prestar-me nenhuma atenção, secamente, lhe escutei dizer:

-Ah, me chamo Ronnie, Ronnie Waddell.

-Ah Ronnie!

-Obrigada por sua ajuda, Sunita!

Respondeu-me ao mesmo tempo em que se afastava de mim.

Nem um minuto me deu para falar mais. Virou rapidamente seu corpo, procurando a reitoria, que com grande aflição buscava. Eu fiquei não somente com minha boca aberta, mas com a curiosidade de meus pensamentos. Que estranho se sentir assim.Eu tenho que encontrar a resposta de porque ele fez-me sentir assim.Será que nós éramos amantes em outra vida, ou será que já o vi em outra parte...humm.Por que sinto meu coração partido em mil pedaços?

Como eu gostaria de conhecê-lo melhor.

Que raiva de não ter tido a oportunidade de conhecê-lo e saber quem é esse homem tão interessante. Pensei... Que frustração espantosa! Realmente eu não estava buscando este tipo de sentimento, que me atormentara a esta hora de minha vida. Esqueça Sunita Franco! Esqueça!

De repente escutei a Carmina me chamando, (minha vizinha e melhor amiga de infância e companheira de estudo na Universidade) vinha para encontrar-me e para caminharmos para a aula de Inglês juntas. Sem perceber Carmina havia testemunhado o nosso encontro. Com um pouco de ansiedade ao ver-me tão nervosa e pálida, me perguntou:

-Sunita o que se passa?Por que está tremendo como uma folha?Quem é esse homem?O que ele disse para lhe colocar assim?

-Não! Nada! Não se preocupe Carmina. É que eu pensei que ele era outra pessoa. Equivoqueime! Anda!Vamos à cafeteria e depois vamos à aula de Inglês. Não se preocupe!

A empurrei suavemente, colocando minha mão sobre o seu ombro para ela continuar e não fazer tantas perguntas, que nem eu sabia responder.

Seguimos caminhando até a cafeteria localizada a uns poucos passos do longo corredor.

Nesse ínterim; tratei de mudar o assunto com Carmina, mas meu coração seguiu saltando, querendo sair do meu peito, tratando-me sem piedade. O que é este desconforto, por Deus! Por que eu não posso me acalmar!

Minutos depois de tomar o café e sentindo-me melhor, Carmina e eu nos dirigimos ao "Grande Salão Inglês", onde teríamos 10 meses de nível mais avançado de Inglês. Nós duas terminamos Administração de Empresas na Universidade de Madrid. Carmina seguiria com sua Licenciatura em Administração de Empresas na Espanha; e eu viajaria par Los Angeles, onde meu pai, por meio de um amigo próximo, vivendo em Orange Country me havia conseguido um emprego para gerenciar um "Projeto de Vendas" em sua companhia de Telecomunicações. Só teria que aperfeiçoar o meu Inglês e o resto já estava arranjado.

Quando chegamos ao salão, nos agradou ver a cor verde claro em todas as paredes, ao redor de tudo. Um quadro negro se estendia de parede a parede a frente de uma escrivaninha gigantesca para o instrutor.

Localizado em meia lua, encontravam-se cadeiras vermelhas de teatro, muito confortáveis e do lado esquerdo uma janela, da onde se avistava um grande gramado.

-Muito bonito é este salão Sunita! – Carmina comentou.

-Magnífico Carmina! Eu adorei!

Procedemos para nos sentarmos em uma das cadeiras dianteiras, esperando muito ansiosas pelo instrutor.

Naquele momento; vimos um homem jovem, alto e musculoso com cabelo preto abundante, com olhos grandes verdes como de feitiço. Vestido com um blazer azul e um agasalho branco de felpa embaixo. Estava extraordinário! Belíssimo! De sonho, diria eu. Entrou caminhando como um homem de poder e comando. Com uma voz forte e viril, se introduziu a classe dizendo:

-Meu nome é RONNIE WADDELL

Virando de costas, escreveu no quadro negro, seu nome bem grande, RONNIE WADDELL e disse;

-Eu serei o instrutor de inglês pelos dez meses seguintes.

O que? É o Ronnie! É o mesmo jovem que confrontei a poucos minutos no hall da entrada... Ay Yay Yayyy! Eu queria parar e correr dali, mas assim mesmo, eu queria ficar. Este é o homem que me fez tremer!É este o nosso Instrutor? Não sei se rio ou choro! Nesse momento, Carmina me acotovelou e disse:

-Eh Sunita, Não é este o homem que lhe falava no corredor há poucas horas atrás?

Neste momento a tremedeira me havia voltado às pernas e já estava alcançando intensidades vulcânicas.

-Sim! Sim! É o mesmo. Que verdadeira coincidência?

Carmina me olha com uns olhos grandes, dando-me um sorriso picaresco e suspeito. Foi então quando minhas bochechas se ruborizaram, e meu rosto parecia ter a cor de um tomate. Consciente de tanta emoção, rapidamente joguei o meu cabelo sobre o meu rosto, para escondê-lo de Carmina e Ronnie. Não queria que se dessem conta da atração tão brutal que eu sentia.

Ronnie continuou dizendo à classe, que havia acabado de concluir Arquitetura na Universidade de Los Angeles e que ficaria por uns anos na Espanha terminando um mestrado em paisagismo. De um momento para o outro e rapidamente, sem eu esperar, senti que toda a sua energia se dirigiu a mim. Apontando-me com sua mão comentou;

-Ah, vejo um rosto conhecido aqui! Você se chama Sunita, não é verdade?

-Muito obrigado por sua ajuda no corredor!

-Foi um prazer!

Respondi com um sorriso bem tímido, mas meu rosto me traiu, pois não podia fingir meus sentimentos!Ao mesmo tempo me senti lisonjeada de que ele havia se lembrado do meu nome e que eu não lhe fui tão invisível como pensei. Sim! Sim! Você me notou Ronnie Waddell que feliz me fizeste sentir

Honestamente não pude prestar atenção na aula esse dia, me sentia tão confusa, nervosa, com medo de que a vida me ferisse e quebrasse o meu coração, pela ilusão impossível.

Que mistério, que alegria e que confusão foi esse primeiro dia. Digo confusão, pois ao final da aula, vi várias meninas muito interessadas em Ronnie, pois foram a sua escrivaninha para conversar e flertar com ele.

Lembro-me de uma em especial, se chamava Patrícia. Fez-me correr as veias com fogo, quando a vi sentar-se em sua escrivaninha e começar a falar-lhe com muito cortejo e sedução. Eu a ouvi convidando-o para ir à cafeteria, para comer.

Para minha surpresa, quando eu ia saindo do salão, escutei que me chamavam. Eu parei bruscamente pensando que meus olhos me haviam traído, mas não. Era ele chamando o meu nome, outra vez.

-Sunita, espera um momento.

-Sim. Em que lhe posso ajudar?

Sinto que me salvaste esta manhã com sua amabilidade, eu gostaria de retribuir-lhe o favor. Quer tomar um café comigo, em um lugar que não seja aqui na Universidade?

Não podia acreditar. Estava me convidando par tomar um café? Não sabia o que decidir, pois me pegou de pura surpresa.

-Claro será um prazer. Olha, deixe-me escrever meu telefone...

Tirei um papel da minha carteira e comecei a escrever meu número de telefone rapidamente...

-Aqui está Ronnie. Ligue-me daqui à uma hora e lhe direi onde podemos nos encontrar. Está bem?

-Sim, claro!Ligo-te em uma hora.

Sai rapidamente para alcançar Carmina, que havia saído rapidamente. Sentia-me voando em uma nuvem de ilusão, de surpresa, de alegria.

-Carmina! Espere-me menina, não corras tanto, espere-me...

- O que acontece Sunita?

-Não, é que me lembrei de dar uma informação ao instrutor. Ei! Sabe de alguma cafeteria perto de casa, onde vendam tortilhas deliciosas?

-Sim, você se lembra da que abriu a alguns meses na esquina da Rua Pinos e da Rua Rosa? Eu não tenho ido, mas me disseram que tem umas tortilhas deliciosas e o ambiente é sensacional. Por que você pergunta?

-Queria levar algo aos meus pais hoje. Bom obrigada por sua informação. Vou para lá já, nos veremos amanhã.

Não creio que Carmina suspeitasse o porquê de minha pergunta e parece que ficou satisfeita com a minha resposta. Não quis dizer-lhe nada do convite de Ronnie, pois eu vi que a concorrência ia ser bem brava com todas essas hienas atrás do meu Príncipe Azul, que não quero dividir com ninguém. Espero que a Carmina não seja uma destas também. Senti que de agora em diante teria que ser muito cuidadosa com meus comentários e ações se quisesse manter relação de amizade com Ronnie... secreta no momento.

Começou a me dar uma dor de cabeça, só de pensar que íamos estar juntos tomando café e conversando. Que curiosidade eu tinha. Sentia tantas inseguranças. Dava-me medo, pensar que de repente ele já era casado e aqui estou eu como tonta tendo ilusões de menina de colégio... E se ele não me ligar... E se ele só quiser agradecer por ter-lhe ajudado e nada mais... Todas essas emoções me atingiam sem cessar até que eu escutei meu telefone... tocar...

-Olá... É Sunita!

-Como vai Sunita, é Ronnie.

Quando escutei sua voz, fiquei fria, senti todo o meu corpo mudar totalmente, meu sorriso estava de orelha a orelha, meus olhos cintilavam como uma boba, minha voz se pôs doce e exótica...

- Gosto de lhe ouvir Ronnie. Olhe eu já tenho a direção do Café, onde nós podemos nos encontrar. Ele fica na esquina da rua Pinos e da rua Rosa.

-Ah, sim... Eu sei onde é Sunita, tenho passado por ali várias vezes. Veremos-nos em alguns minutos.

-Ok. Ali estarei.

Meu coração quase saiu de meu peito, quando desliguei a chamada. Queria gritar e chorar da sensação. Eu comecei a saltar de alegria e comecei a cantar como um passarinho. É interessante pensar, que de manhã minha vida estava normal e sem nenhum drama e só há poucas horas mais tarde, minha vida havia se transformado em uma grande agitação. Como pode mudar tudo em um momento!

Quando cheguei ao café, Ronnie, ainda não havia chegado, assim peguei uma mesinha na metade do salão. Tudo estava perfeito, o lugar estava decorado muito curiosamente e o ambiente acolhedor. O garçom me trouxe o cardápio e comecei a olhar o que vendiam. Notei que minhas mãos tremiam. Decidi respirar profundamente e exalar, fiz o exercício várias vezes para acalmar-me. De repente o vi entrar e eu levantei a minha mão para que ele viesse onde eu estava sentada. Ele reagiu com um sorriso excelente, caminhou rapidamente até mim se aproximou da mesa e se sentou...

-Olá, como vai Sunita. Caminhou lentamente à minha mesa.

-Este lugar é muito bonito, eu gosto.

-Fico contente Ronnie. Eu também. Esta é a minha primeira vez. Eu estava olhando o cardápio por um momento e vejo que tem todas as minhas tortilhas favoritas.

-Ah sim? Qual é a sua tortilha favorita?

Perguntou-me com um sorriso, uma voz sensual e galanteadora... Eu estava me derretendo.

Com muita timidez, indiquei com a minha mão a foto de uma tortilha de morango que se mostrava no cardápio.

-Olhe é esta tortilha de morango. A minha preferida!

-Bom, então pediremos duas tortilhas de morango com café. Sim, realmente parecem deliciosas.

Enquanto as tortilhas vinham, Ronnie tomou a dianteira na comunicação. Isso eu gostei muito, pois foi fácil chegar a conhecê-lo. Depois de ficar alguns minutos com ele, senti que já havíamos sido amigos de sempre, senti que nos conectamos em todos os sentidos.

Desde então, nunca deixou de chamar-me depois das aulas. Íamos juntos almoçar. Íamos comer, caminhar, ao cinema. Quando não estávamos juntos brincando e rindo, então estávamos no telefone falando por horas.Jogávamos xadrez todo o tempo.Umas vezes ele ganhava; outras vezes, eu.Eu estudava frequentemente sua atitude no jogo e ele me parecia muito equilibrado.Muito balanceado.Muito astuto em todas as suas jogadas.Parecia-me que era perfeito para mim!

Contava-me de sua mãe que vivia sozinha em Chicago. Seu pai havia morrido de um infarto do coração fazia alguns meses. Dizia-me como seu pai o aborrecia, por haver lhe feito sofrer tanto de pequeno e porque não parava de brigar diariamente com sua mãe.As histórias de seu pai eram incríveis. E traumatizantes para mim, assim que quando Ronnie começava a falar dele eu mudava de assunto, pois eu via que Ronnie estava desmotivado com todas as más experiências, que seu pai lhe havia dado na vida e realmente eu não podia aguentar escutar tanta maldade contra o meu Ronnie.

Ronnie era filho único, assim se sentia responsável pela felicidade de sua mãe em todos os sentidos. Falávamos da aula de Inglês e praticávamos bastante. Eu falando-lhe em Inglês e ele falando-me em Espanhol.Assim, nos entendíamos perfeitamente.

Quase todos os finais de semana saíamos de viagem aos diferentes locais de interesse na cidade de Madrid. O levei ao Museu de El Prado. Aos túmulos dos Reis, O retiro, O Palácio de Cristal. Visitamos A Alhambra em Granada,arquitetura impossível de copiar.Visitamos suas maravilhosas adegas, restaurantes e ruas estreitas cheias de lenda e história.Ele se sentia feliz de ter alguém para ajudá-lo a familiarizar-se não só com as obras relacionadas com sua carreira em arquitetura, mas também, com tudo que este país tinha para oferecer-lhe.

Um dia lhe disse para me acompanhar ao centro de Madrid, pois eu tinha que comprar um presente de casamento para uma amiga, assim fomos juntos. Estávamos bem felizes na loja, olhando, para ver o que comprar quando ouvimos uma voz feminina chamando:

-Ronnie... Ronnie...

Olhamos por todas as partes, quando de repente aparece a boba da Patrícia!

-Ah Ronnie!O que você faz por aqui com a Sunita?

Ronnie estava enfurecido com a atitude dela, pois sempre a tratava como se ele fosse um objeto dela. Além do olhar desagradável que me deu, nem me dirigiu a palavra, só olhava para ele, falando com reprovação e desconfiança; mas Ronnie não se deixou encurralar...

-Estamos fazendo compras. O que você faz por aqui?

-Ah, também fazendo umas compras para o meu apartamento, pois tenho convidados para comer está noite. Que tal se você vier? Eu adoraria apresentar-lhe aos meus amigos...

-Muito obrigada Patrícia, mas eu já tenho planos para esta noite, talvez em outra ocasião.

Ronnie pegou meu cotovelo com força e me empurrou até a saída da loja tratando de fugir dela, deixando Patrícia com a resposta em sua boca. Foi genial vê-la parada ali!

Ainda que tratássemos de ser muito prudentes e manter nossa relação escondida dos estudantes da classe para evitar problemas, sempre foi muito difícil. Desde aquele dia Patrícia e eu fomos inimigas número um. Toda vez que Patrícia podia ferir-me, ela o fazia com muito gosto. Um dia, durante a aula, ela convidou o Ronnie e todos os outros na classe para um assado e depois para um jogo em sua mansão, pois ela era bastante abastada.Tão logo a aula terminou, Patrícia se aproximou de mim, com um ar depreciativo e me disse:

-" Você não é convidada, assim não se incomode em ir... eh?"

Ugh! Que menina atrevida! Fez dar-me um berro que queria enforcá-la ali mesmo!

Patrícia também começou a fofocar a todos que podia, de que eu estava atrás de Ronnie, implorando por sua amizade e não parava de persegui-lo. Uma das meninas na classe me contou o que ela dizia.

Eu sabia que havia muitos ciúmes e inveja contra mim porque já sabiam que Ronnie, me visitava com muita frequência. Não somente Patrícia o perseguia, mas outras várias meninas na classe, as quais estavam perdidas por Ronnie. Mas eu não me importava.Eu estava loucamente enamorada dele e sem nenhuma dúvida ele estava me dando toda sua atenção.

Com o tempo me atrevi a levá-lo a minha casa e apresentá-lo a minha família. Minha mãe ficou fascinada com sua maneira de ser, meu pai também lhe teve grande afeição. Ronnie vinha a minha casa com frequência, pois ele adorou a maneira que minha mãe cozinhava, ele gostava especialmente de paella e a comida do mar que ela preparava.

Este relacionamento me pegou como uma rede sem deixar-me mover. Com o tempo esta rede cresceu e se converteu em um forte laço. Laço impossível de romper.Impossível de escapar.Este forte laço se converteu em minha vida, meu princípio e meu final.O amava com todas as forças de minha alma e sentia que nunca poderia deixá-lo.

Com ele ao meu lado, eu podia conquistar tudo. Sentia-me satisfeita e completa! Estar com ele era como viver em um mundo irreal, um paraíso, uma visão. Ao mesmo tempo, sabia que não ia durar. Minha viagem, nos iria separar. Temia por nosso futuro e como tudo desfaleceria...

Capítulo 7

Os meses passaram rápido! Já as aulas de Inglês haviam terminado e hoje era o dia da formatura da classe, apresentada pela Universidade. Minhas qualificações foram excelentes. Recebi um Diploma de excelência por minha dedicação aos estudos e uma pequena escultura para recordar a ocasião.

Ainda que contente e bem satisfeita pelos resultados, estava nervosa de ter que em uns dias partir para Los Angeles e ter que deixar minha vida passada, minha infância, minha família e especialmente o meu Ronnie.

Só de pensar que não iríamos estar juntos outra vez, me enlouquecia de dor. Como o podia deixar, e como o podia esquecer? A ansiedade que eu tinha era tão espantosa, que não me deixava viver este momento de triunfo.

Depois da cerimônia, Ronnie se aproximou para me parabenizar pelas honras recebidas. Mas esta vez foi diferente. Aproximou-se de mim tanto, que eu senti que sua respiração roubava a minha e me embriagava os sentidos. Sua voz sussurrava suavemente.

-Parabéns Sunita! Você terminou o curso muito bem! Eu estou muito orgulhoso de você!

Surpreendida de tê-lo tão perto, ainda um pouco tímida, aproveitei o momento e pus meus braços ao redor de seu colo e com uma voz sedutora e suave também sussurrei...

-Obrigada a você meu querido Ronnie. Obrigada por toda a atenção que você me prestou este ano. Eu nunca o esquecerei!

Não querendo me separar dele e desejando que o tempo parasse para sempre. Ali! Naquele momento! Neste abraço tão doce e terno!Queria ficar assim para sempre! Não podia retira-me deste abraço... Espere...

-Eu tão pouco lhe esquecerei Sunita! Você é uma mulher excepcional!

Sua voz tremeu nesse momento. Nossos olhos se encontraram. Viajamos para eternidade. Perdemo-nos no mar profundo do silencio da incerteza, da loucura, do desespero. Seguimos olhando-nos perdidamente. Flertando.Como tratando de descobrir nossos pensamentos.Senti seu fogo e sua paixão.Senti que ele também gritava...Fique comigo amor! Não me deixe só! Não se afaste nunca de mim!Sem você, eu não sou nada, sem você eu não posso viver!

Foi então quando ele aproximou sua bochecha da minha e me apertou fortemente, como não querendo me deixar nunca. Suavemente correu seus lábios sobre os meus e entrelaçados em um beijo, nos fundimos em uma paixão imortal. Ele sussurrou...

-Te quero Sunita! Quero-te!...

Sem deixar de olhar-lhe, baixei meus braços suavemente em busca de suas mãos, as quais quando encontrei apertei fortemente, quase com desespero, sabendo que de repente este seria o final.

-Te quero Ronnie!... Não quero nunca te deixar!

Com nossos olhos ainda perdidos no ar, sussurrei...

- O dia chegou Ronnie. Temo-nos que nos separar. O que será de nós? Como eu vou te esquecer?

- Não diga isso Sunita! Meu amor!

Eu não vou lhe esquecer e você não tem que me esquecer. Escrever-lhe-ei todos os dias. Ligarei-lhe toda hora.Logo que termine os meus estudos o ano entrando, viajarei à Los Angeles para encontrá-la lá.

-Não! Eu adoraria que isso acontecesse Ronnie, mas eu sei que relações de longa distância são muito difíceis!

-Não Sunita! Esta vez não vai ser assim! Você estará em minha mente por toda a eternidade Você vai ver meu amor, eu estarei com você a cada momento! Você verá!

Acariciou meu rosto com a sua mão e me voltou a beijar. Enquanto minha mente se despedia de algo impossível, disse adeus ao meu querido e amado Ronnie. Nunca saberás quanto tenho lhe desejado, pensei. Quantos sonhos tenho tido, tomando-lhe em meus braços, beijando cada centímetro de sua pele e perdendo-me em sua paixão. Nunca saberás quanto lhe quero meu querido Ronnie. Eu sei que ninguém vai te amar como te amo hoje. Ninguém!

Entretanto perdidos neste eterno olhar e ainda de mãos dadas, Ronnie murmurou...

-Este não é nosso final Sunita. O laço que nós estabelecemos nestes meses passados é muito forte para deixar que a vida e o destino possa romper e nos possa separar. Tenha confiança.

Ronnie pegou as minhas mãos ternamente, as beijou e se despediu...

-Ah! Tenho que ir agora Sunita. Verei você mais tarde!

-Mais tarde? Onde?

Eu não sabia mais o que fazer ou dizer. Fiquei imóvel por um momento ao vê-lo partir. Minhas pernas começaram a tremer e senti que minhas lágrimas começaram a sair em fluxos como rios sem controle.

Busquei desesperadamente a minha família que havia vindo celebrar a ocasião. Queria encontrar refúgio em minha mãe querida e chorar. Uns minutos mais tarde a encontrei com Clarita.Com minhas lágrimas , ainda rolando por minhas bochechas , me arremessei nos braços de minha mãe a chorar.Mas minha mãe não entendeu!

-Parabéns Sunita! Não chore minha querida filha. Eu sei que está muito orgulhosa de ser uma das melhores da classe. Seu pai e eu estamos muito orgulhosos de você e de sua dedicação ao estudo.

Minha mãe então também começou a chorar, pela emoção da formatura. Eu, por outro lado, chorava porque tinha que deixar o meu querido Ronnie e talvez para sempre. Não! Estas minhas lágrimas, não são lágrimas de emoção; mas... Lágrimas de dor, lágrimas de tristeza, lágrimas de frustração, lágrimas de amor!

O que acontecerá conosco? Não sei! O terei que esquecer? Mas como poderei, se ele é parte de minha vida, é parte de meu corpo! Como arrancar meu próprio braço?Como cortar minha própria perna? Mas essa é a dor que sinto de deixá-lo. Como poderei sobreviver tudo isso? Não sei! Além do mais, não sei se poderei...

Capítulo 8

O dia de minha viagem para Los Angeles tinha chegado. Esta seria a última noite em meu país. Última noite com minha família e as pessoas que eu amo. Sim, também minha última noite com Ronnie adorado. Tudo estava lotado e não tinha um momento para pensar .Ainda que Ronnie sempre estivesse em minha mente, a papelada e a agitação da viagem não me deixavam de dar-me dor.

A ideia de deixar tudo isso e começar uma vida nova em Los Angeles me levava ao terror. Cada vez que pensava na viagem, meu coração saltava a um profundo vazio... sentia medo de confrontar a incerteza .De chegar a uma nova cidade.De fazer novos amigos, outra língua, outra cultura.

Enquanto perdida, nestes pensamentos tão negativos, minha mãe entrou em meu quarto, caminhando e falando com muita urgência:

-Sunita! Boneca! Está pronta para nossa surpresa?

-Que dizes mamãe? Que surpresa?

-Minha filha! Temos uma reunião preparada para você esta noite.

Dirigiu-se ao meu armário rapidamente, pegou um vestido de noite vermelho, uma bolsinha até a cintura, feita de pelúcia preta e umas sapatilhas brilhantes pretas...

-Olhe! Aconselho-te que coloques esta roupa, pois precisamos de você lindíssima esta noite!

- Ah mãe! Você está me assustando! O que você tem preparado para mim?

-Quando estiver pronta, venha ao carro, onde estamos lhe esperando! E verás!

Uns minutos mais tarde, eu saí para o carro, onde meus pais estavam me esperando, junto com minha irmã Clarita e a vizinha Carmina.

-Estava tão emocionada! Qual seria a surpresa?

A única surpresa que eu gostaria agora era a presença do meu Ronnie. Bom, não pude queixar-me. Minha mãe é a mais bela, tendo-me quem sabe que coisa para despedir-me. Vamos ver...

Viajamos umas poucas milhas. Passamos vinhedos e colinas. Belas paisagens que queria gravar em minha mente para sempre, pois não sabia quando iria regressar, ou se algum dia iria voltar.

Finalmente passamos por uns portões grandes que levavam ao restaurante e a um lugar turístico localizado dentro do famoso Castelo Imperial.

Este era um castelo muito bonito, que havia sido usado como residência palaciana, de um famoso rei e sua família em tempos passados e também serviu como uma torre de proteção em outros anos. Agora era usada como um lugar muito elegante para reuniões e banquetes. Este castelo encarnava a imagem popular da fortificação medieval espanhola.Se levantava sobre uma leve colina, assim como muitos outros castelos dessa nação.

Quando entramos ficamos imobilizados de ver tanta beleza.

Primeiro caminhamos sobre uma ponte feita de ferro. Embaixo, corria um rio com bastante força, golpeando milhas de pedras ao seu redor. O som era ensurdecedor! Quando chegamos à entrada do Castelo, vimos uns círculos grandiosos de pedra incrustados, de uma maneira fenomenal, com barras de ferro, bloqueando a entrada até o piso. O recinto se constituía de plantas quadradas com cubos circulares em seus ângulos.

Dispunha de lacunas e fissuras de setas como elementos defensivos. O recinto estava rodeado por uma grande muralha ou barreira defensiva, tendo no topo ameias. A porta de aço foi enquadrada por dois cubos e completada por um arco rebaixado. Só havia uma pequena portinha para nós entramos. Ao passar a porta, vimos à sala principal.

Um dos candelabros gigantescos decorava a mesa enorme, cheia de flores que se encontrava no meio do salão. Tapetes de Granada decoravam não só os grandes corredores, mas também cobriam longas paredes de pedra dando ao visitante uma sensação de acolhimento e hospitalidade.

Palmeiras africanas, altas e verdes decoravam cada ângulo. Móveis antigos enfeitavam os diferentes corredores antes de entrar ao restaurante principal. Dava-nos calafrio pensar, que estávamos dentro deste lugar, onde tanta história se havia escrito.

Finalmente chegamos ao grande restaurante. Ele estava decorado tão primorosamente como o resto do Castelo. Ao entrar vimos muita gente reunida e ouvimos todos ao mesmo tempo gritar...SURPRESA SUNITA!

Meus pais haviam convidado os meus amigos de todas as partes! Da Universidade; de meu bairro; tios; tias. Todos estavam ali. Todos! Que surpresa meus pais me fizeram!

Que ocasião tão feliz!Todos me rodearam para abraçar-me e felicitar-me por todos os meus êxitos e desejar-me uma feliz viagem para Los

Angeles. Todos estavam alegres, prontos para comer, beber e celebrar.

Sentia-me tão feliz de estar entre minha gente tão querida. Abraçava e beijava-me a quem eu via. Só faltava uma pessoa para que eu tivesse uma ocasião totalmente feliz. Olhei a todos os cantos, mas não o encontrei.Saí ao corredor um pouco perturbada, pensando que de repente, minha mãe o havia convidado,mas não vi nada.

Entrei no restaurante esperando que de repente ele estivesse dentro com toda a minha família e talvez não o tivesse visto. Olhei para a direita, nada. Olhei para a esquerda. Nada.

Bom, talvez não vá estar aqui. Esperei uns minutos e saí outra vez ao corredor para ver se por acaso o via.

Olhei no fundo do corredor, rezando que viesse. Derrepente, vindo do fundo, vi uma figura incrível, alto elegante e vinha caminhando rapidamente até mim. Pensei! Ronnie?

Gritei com todas as forças...

-Ronnie! Ronnieeeee!

Agora sim!... Minha vida estava completa!

Corri até ele e me atirei em sue braços, como se não o tivesse visto em anos... Abraçamo-nos... Beijamo-nos...

-Ronnie, eu pensei que você não viria.

-Sunita, como não iria vir. Prometi-lhe que lhe veria mais tarde... lembra? Como você está linda!Este vestido vermelho lhe faz brilhar, sensacional! Eu adoro lhe ver assim!

Eu adorei que você notou o meu vestido vermelho. Sim, esta era uma das minhas roupas favoritas. Não tem mangas e tem um decote profundo, mas muito decente, me esculpia o corpo bem apertado até o joelho.Enfeitei o meu colo com pérolas do mar, separadas um centímetro umas das outras.Muito feminino e delicado.Enfeitei as minhas orelhas com alguns brincos pendurados, com um enfeite de pérolas pequenas em forma de coração.

Meus lábios tinham uma cor vermelha, do mesmo, competindo com a cor de meu vestido.Meu cabelo negro até a cintura, caia liso repartido ao meio, com uma generosa franja na testa.Minha flagrância era de um perfume convidativo, doce e enlouquecedor.Eu me sentia bonita e fresca, sensual e maravilhosa.

Ronnie não deixava de olhar-me e admirar-me. Respirava profundo, tratando de respirar toda a essência do aroma de meu perfume, como querendo memorizar o momento para sempre. Ele estava vestido muito elegantemente, estava incrível. Impecável! Sua flagrância masculina, também muito especial, me acelerou o coração.

Eu também respirei profundamente, como querendo lembrar este aroma e este momento para sempre e disse:

-Umm, Ronnie, eu adoro a sua loção! Que aroma tão fresco!

Ronnie sorriu.

Estávamos felizes de estar juntos e compartilhar esta noite tão especial, para mim, pela última vez.

Entramos no restaurante de mãos dadas. O apresentei como meu amado namorado, a todos que eu vi. Todos estavam surpreendidos com a notícia, mas felizes de nos ver como um casal.

Meus pais também se alegraram de nos ver, pois sabiam que Ronnie era um homem bom e que eu estava louca por ele.

Chegou a hora do banquete e Ronnie se sentou perto de mim. Esta era relativamente à primeira vez que nos víamos rodeados assim de família e amigos. aterrorizava-me pensar que provavelmente esta seria a última vez, que estaríamos juntos assim.

Minha mãe encomendou para a celebração toda a minha comida favorita. Paella; Mariscos; Pão Francês, Batatinhas; Azeitonas e Vinho. Comida que talvez, nunca iria poder provar nos Estados Unidos.Comemos e bebemos pelas horas seguintes sem parar.Piadas iam e vinham, histórias se contavam, fotos se tiravam e risadas corriam livres em tão magnífico restaurante.Todos passamos uns momentos inesquecíveis.Logo que terminei de comer, convidei Ronnie para ir à varanda...

-Ronnie, você gostaria de caminhar até a varanda?

-Sim! Ia lhe perguntar a mesma coisa, Sunita.

Respondeu com grande ansiedade.

-Vamos!

Levantamo-nos naquele momento da mesa, e nos desculpamos com todos, logo caminhamos até a varanda, localizada de um lado do salão.

Quando abrimos a porta da varandinha, vimos milhares de rosas em todo o seu redor. A vista que vimos, tirou a respiração de nós dois. A lua cheia brilhava, ostentando todo o seu esplendor.O rio que rodeava o castelo, rugia e cantava uma canção de fúria e amor.As montanhas se erguiam altas e imponentes, orgulhosas de suas árvores e suas muitas flores.Uma brisa suave e quente chegou à varanda trazendo um aroma fresco de pinhos, rosas e camélias, as quais envolveram nossos sentidos.Com furor e loucura, nossos lábios se juntaram e entrelaçaram-se em um beijo enlouquecedor... Foi um momento inesquecível, um momento de fantasia, um momento que eu nunca iria me esquecer!

Com um sussurro suave de sua voz, começou a dizer...

-Sunita! Eu vou ficar louco amanhã, quando você for. O que vou fazer sem você?

-Não pense nisso agora, meu amor. Deixe-me ter esta noite feliz. Sem pensar na separação e na dor.Deixe que sejamos só você e eu esta noite.Hoje!Aqui neste momento!

Nossos olhos se encontraram outra vez. Sua mão acariciou a minha com ternura e suavemente levou-a até o seu rosto e a beijou ternamente.

Brutalmente a mágica do momento foi perturbada, pela porta da varanda que se abriu... Era a voz do meu pai chamando...

-Sunita! Sunita! Vem prá dentro para que cortes o bolo.

-Já vamos pai, dê-me um minuto mais.

Quanto eu teria dado por uns minutos a mais com Ronnie neste lugar tão mágico e celestial. Não queria mover-me dali, e não tentei. Ronnie estava todavia em transe não querendo despertar deste belo momento.Deste sonho! Eu segui hipnotizada com seu encanto, por uns momentos mais... Mas tínhamos que entrar...

-Vamos Ronnie! Já ouviste o meu pai. Tenho que cortar o bolo!...Vamos!

Agarradinhos de mãos dadas, entramos na sala, onde todos nos esperavam ansiosamente para partir o bolo.

Enquanto comíamos um doce bolo, cheio de meus morangos favoritos e delicadamente acompanhado com um pouquinho de licor, vimos vinte músicos entrarem.

Logo se juntaram e começaram a parar em um canto do salão. Meus pais haviam arranjado com uma orquestra para que viessem tocar por algumas horas.

-Que surpresa tão boa!

Uns minutos mais tarde, ouvimos meu pai gritar... Vamos dançar meninos!

Ronnie e eu nunca havíamos dançado juntos. Quando me convidou a dançar pela primeira vez, a canção que tocavam foi...

SE VOCÊ ME DEIXAR AGORA (If you leave me now, by Chicago).

A canção diz

"Se você me deixar agora,

Vai levar a maior parte de mim.

Uuu! Ohh! Não!Garota, por favor, não vá... nãooo".

Se você me deixar agora,

Você levará o verdadeiro coração de mim

Oh garota, só quero que você fique.

Um amor como o nosso é difícil de encontrar.

Como podemos deixá-lo ir.

Nós viemos de muito longe para deixar tudo para trás.

Como podemos terminar desta forma

Quando o amanhã vier e ambos nos sentirmos mal

Pelas coisas que dissemos hoje...

Se você me deixar agora,

Você levará o verdadeiro coração de mim.

Nós gostamos tanto da música e a letra tão apropriada para nossa situação, que a fizemos nossa canção!

Fizemos um pacto, e era que de agora em diante, cada vez que escutássemos pensaríamos em nós. Esta seria a nossa música para sempre. Que linda!

Nós seguimos a festividade dançando até meados da noite. O romance; os amigos e a família fizeram dessa noite inesquecível, não só para mim, mas também para Ronnie.

Graças ao meu pai e a minha mãe, por dar-me esta última oportunidade de dizer a todos como os quero e como eu os sentirei falta.

Ronnie fez arranjos com meu pai para levar-me em casa em seu carro e ter uma última chance de estarmos juntos. Encantada com a ideia e depois de beijar a todos e dar-lhes adeus, Ronnie me levou para um mirante perto da cidade.

Este lugar é um dos mais românticos que há no mundo. Desde o carro, se podiam ver todas as luzes de Madrid e todas as aldeias próximas. A lua estava cheia e a noite magicamente perfeita.Enquanto admirávamos a luzes no carro, Ronnie pegou uma caixinha de seu bolsinho, que continha dois anéis de ouro finamente desenhados e colocou-os em minhas mãos.Lentamente...abri a caixa...

-Sunita! Eu sei que esta é a nossa última noite e a quero fazê-la muito especiais para nós dois. Com este anel eu quero demonstrar-lhe e dar a minha palavra que enquanto o tiver em suas mãos, nada nos poderá separar.

Apanhando a minha mão esquerda, deslizou uma argola de ouro muito delicada com seu nome gravado no interior e colocou-a na minha mão direita. Depois tirou a outra argola maiorzinha, com o meu nome gravado no interior e deslizou-a no dedo de sua mão direita.

Meus olhos estavam tão abertos, que não os podia controlar. Não podia acreditar!Ronnie estava me assegurando que iria me esperar?Que algum dia nós voltaríamos a nos ver e casar? Comoveu-me tanto que comecei a chorar.

O desejava tanto! O queria tanto! O beijei ternamente.

Inconscientemente, comecei a deslizar a alça do meu vestido vermelho. Primeiro uma, depois a outra. Ronnie começou a me acariciar suavemente.Perdi o sentido com seus beijos de fogo e paixão infernal. Eu me sentei nas pernas dele querendo fundir meu corpo com o dele, tratando desesperadamente de consumar para sempre o nosso amor. Comecei a desabotoar sua camisa pouco a pouco, botão por botão, enquanto nossos lábios se fundiam em paixão. Respirávamos fortemente e o ar ameaçava escapar de meus pulmões, mas... rapidamente e de um salto Ronnie suavemente me empurrou e me colocou delicadamente no assento do carro.

-Não! Não! Sunita, não! Não sabes o difícil que é isto para mim, mas não lhe trouxe aqui para dar-lhe um momento de paixão, e uma noite de amor barata. Você merece mais. Eu lhe quero e lhe respeito e desejo fazê-la minha esposa.Mas não assim! Perdoe-me! Não assim!

-Te entendo Ronnie!Não tenho desejado a outro homem em minha vida tanto como desejo a ti! Perdoe-me. O momento me envolveu e facilmente deixei de pensar!

Rapidamente nos compusemos e continuamos falando por um pouquinho mais.

Regressamos a casa onde nos demos mais uns beijos e um último adeus.

Eu fiquei mais tranquila com a sua promessa de compromisso, e com o meu anel tão maravilhoso. Senti mais consolo, assim.

Então nos despedimos com um até logo, e não com um nunca mais.

Capítulo 9

Eu fui rumo aos Estados Unidos, de avião para começar uma nova vida. Foi muito difícil despedir-me de minha família e de meu amado Ronnie. Nós voamos por duas horas e a única coisa que eu tenho feito é chorar.A despedida foi brutal.Nunca pensei que ia ser tão difícil dizer-lhes ...Adeus!

Enquanto voava, sentia que todos os meus nervos estavam no limite, meu coração estava na garganta e as lágrimas não paravam de rolar por minhas bochechas.

A incerteza me atormentava. A solidão me consumia. O que iria ser de minha vida.Qual seria o meu futuro nesta cidade desconhecida.O que aconteceria com o meu Ronnie.

Realmente este era um passo bem grande, o qual não havia medido com precaução. Meu medo de falhar, me empurrava com precaução e eu tinha que conquistar, tinha que sair adiante e superar qualquer obstáculo, que aparecesse. Para isso minha mãe me treinou e era hora de aplicar tudo o que eu aprendi.

Que tempo tão doloroso, mas que risco tão necessário!

Finalmente depois de onze horas voando; escutamos a voz do Capitão. Incentivou-nos a endireitarmos as cadeiras e demos boas vindas à grande cidade de Los Angeles. Já estávamos a ponto de aterrizar no Aeroporto Internacional de Los Angeles, ou comumente chamado LAX.

Por que me sinto pior! O que será de minha vida aqui? Aonde eu iria parar?Meu Ronnie! Como sinto saudades de você e lhe necessito nestes momentos!

Olhei pela janela do avião. Voávamos bem baixo sobre a cidade, mas não podia ver nem o seu início, nem o seu final. Muito grande!Já era noite e via um mar de luzes de lado a lado.

Meu coração palpitava de emoção e meus nervos já calmos, enfrentavam um momento de tensão.

Quando o avião aterrizou me encheu de bravura. Preparei-me mentalmente para enfrentar o que viesse. Não mais me sentindo sozinha.Não mais sentindo pesar pela pobre Sunita.Meu temor e minha angústia se transformaram em resolução e desafio.Isto é o que minha mãe me ensinou, e isto é exatamente o que eu vou fazer.Ela sempre me dizia que eu sou Forte! Lutadora! Conquistadora! E isto é o que eu vou fazer.

Quando eu saia com as minhas malas, procurava por uma pessoa da Companhia de Telecomunicações que viria me apanhar no aeroporto para levar-me ao Hotel.

Procurei entre as pessoas que estavam ali, para ver se o meu nome estava escrito em um dos cartazes... Ah, de repente vi o meu nome. Sim, eu sou Sunita...

-Sunita?

-Ah sim! Eu sou... Sunita!

-Muito prazer em conhecê-la!Chamo-me Marco Leone da Companhia de Telecomunicações.

-Prazer em conhecê-lo Marco!

-Que bela cidade é esta Marco! Que grande ela é! Vi uma grande parte do avião!

-Sim! É incrível Sunita! Você verá amanhã, quando lhe conduzirei a empresa!

Caminhamos até uma Limusine Branca, muito elegante que estava parada a frente da saída Internacional. Sentamo-nos atrás e no caminho ele me contou muitas coisa de meu novo trabalho, ainda que não entendesse muito, já o cansaço me matava.

Finalmente, uma hora mais tarde, chegamos a um belo hotel.

-Sunita! Você está registrada aqui neste Hotel por uma semana, enquanto finalizamos os arranjos de seu apartamento perto da Empresa. Você tem esse sábado e domingo para descansar. Na segunda-feira virá essa mesma limusine para lhe pegar às oito da manhã.Este é o meu telefone, caso necessite de algo mais.

-Obrigada Marco. Vemo-nos então, na segunda.

-Que bom... Tenho dois dias para descansar!Subi ao meu quarto e cai na cama dormindo por horas e horas.

A segunda-feira chegou rapidamente e a Limusine Branca veio recolher-me exatamente às oito da manhã. Vinte minutos mais tarde, chegamos à empresa. Este seria meu novo trabalho.Minha nova vida!

Fiquei impressionada com a entrada do edifício tão imponente, havia meia milha cheia de árvores, com folhagens de todas as cores de lado a lado. Lindíssimo.

A empresa tinha uma entrada muito elegante e espaçosa. A primeira que vi foi à recepção. Possuía uma mesa alta feita de pedra muito fina, como a entrada de um Hotel. Vi uns dois guardas que caminhavam de lado a lado, enquanto o balcão da recepção atendia as pessoas.

O motorista me indicou, que o seguisse. Atravessamos todo esse primeiro piso para sair em um pátio. Existiam quatro edifícios incluindo o que estávamos parados. Estavam localizados de forma quadrada ao redor deste pátio coberto,

coberto de grama e árvores. Debaixo destas, havia bancos para descansar. Passarinhos cantando e duas fontes no meio sussurravam uma canção angelical.Senti-me em um espaço de muita paz.

Ao passar por toda essa beleza de lugar, entramos no edifício da frente e entramos em uma cafeteria imensa.

O motorista me deixou ali e me disse que Marco Leone viria me encontrar em meia hora. Queria que eu tomasse um café primeiro.

Bem! Quando passei uma grande porta de vidro, fiquei deslumbrada ao ver essa cafeteria. Incrível! Nunca havia visto algo assim!

Tinham seções de muitas partes do mundo. Podia pedir comida Mexicana, Americana, da Itália, Persa, Peruana. Saladas, pãezinhos, tortilhas. Comida para dieta especial, sem açúcar.Maravilhoso!

Disse-me que este restaurante servia a toda a empresa, composta de dois mil empregados e que as portas ficavam abertas durante todo o dia, pois todos tinham diferentes horários. Isso sim eu gostei bastante!

Depois de um maravilhoso café da manhã, Marco veio me buscar e me levou ao edifício, onde eu começaria a trabalhar. Eu estava um pouco nervosa, mas todos me deram uma recepção de boas vindas muito calorosa. Marco Leone, me introduziu a todos os gerentes e a alguns vendedores.Inteirei-me que Marco era um dos gerentes que havia sido designado para treinar-me pelos próximos três meses.Eu me sentia muito contente.Marco conhecia o negócio muito bem e eu sabia, ele ia ser um grande apoio para começar.

Treinamos por semanas e cada dia eu me sentia mais adaptada à nova vida. A desconhecida, mas fabulosa comida. Ao horário tão pesado,pois não havia quase tempo para descansar.As vias-expressas tão congestionadas.A vida no Hotel e as novas amizades.Tudo era muito diferente que em Madrid.

Ainda que sentisse saudades do meu Ronnie e da minha gente; tinha que prestar atenção ao meu trabalho. Assim, me dediquei completamente a aprender e a progredir tão rápido quanto podia.

Uma semana mais tarde recebi as chaves para mudar-me para o meu novo apartamento, o qual ofereciam a todos os gerentes, que vinham de outra cidade, ou de outro país, como no meu caso.

Estava localizado em Irvine no piso 10 com uma vista incrível. A sala (oeste) tinha uma vista tão profunda que podia ver a curva da terra banhada pelo mar. Havia (a leste) uma varanda e podia ver o final da cidade, terminando em umas colinas espetaculares. Que vista sensacional!Eu vou ser feliz aqui, pensei.

Sempre, com tudo o que eu fazia, pensava em meu Ronnie e que feliz eu seria se ele estivesse lá comigo, mas a realidade era outra e eu tinha que deixar de sonhar tanto para enfrentar a realidade e conquistar.

As cartas de Ronnie eram a minha vida. Toda a noite chegava ao apartamento com ânsias de ler suas cartas. Ele me escrevia quase todos os dias e nos telefonávamos todo final de semana. Eu lhe contava tudo o que eu fazia e ele também me contava os seus projetos.

Permanecemos escrevendo por alguns meses; até que um dia... Suas cartas pararam de chegar.

Fiquei muito angustiada. Não podia imaginar o que havia acontecido! O liguei no fim de semana como de costume, mas desta vez a linha havia sido desconectada. Sim, os relacionamentos à distância são muito difíceis. Nem uma emergência podia eu solucionar.

Bem assustada com a situação e temendo que ele estivesse enfermo ou que algo tivesse acontecido a ele; liguei para a minha irmã Clarita para dizer-lhe para me ajudar a investigar e saber o que havia se passado. Dei-lhe o endereço dele em Madrid, para que ela fosse lhe procurar.

Cada dia que eu não tinha notícias do Ronnie era como uma faca no meu coração, rasgando cada pensamento com muita dor.

Depois de uma longa semana, Clarita me ligou e disse para que eu me sentasse primeiro, porque tinha que dar-me uma notícia muito grande.

Eu entrei em pânico, ainda mais!

- O que você quer me dizer, Clarita? O que aconteceu com o Ronnie? O encontraste?

Gritava com grande ansiedade...

-Não Sunita. Disse Clarita. -Não o encontrei Fui ao endereço que você me deu e ele já não vive mais lá.Comecei a perguntar na vizinhança, e eles me disseram que ele havia mudado há algumas semanas para outra cidade, porque havia se casado.

-Casado? Não! Isso não pode ser!Estamos falando da mesma pessoa?Como pode ser, que tenha se casado. Com quem?Você averiguou?

-Sim! Disseram-me que o nome dela era Patrícia. Pelo que me disseram, eu acredito que é a mesma que assistia às aulas de Inglês na Universidade.

-Patrícia? Não pode ser! Ele odiava a Patrícia, como acabou se casando com ele! Miserável!

-Sunita! Sinto muito dar-lhe esta notícia tão mal, mas lembre-se... "As relações à distância são muito complicadas". Você sabia que ia ser muito complexo manter uma relação amorosa assim de longe.Isso é muito difícil...dizia Clarita.

-Obrigada Clarita por sua ajuda! Não se preocupe comigo!Tu sabes que a minha mãe nos treinou muito bem!Eu cuidarei tudo aqui.

Quando desliguei o telefone com Clarita, meu coração estava caído no chão partido em mil pedaços. Quase não podia respirar. O que havia acontecido? Por que com essa Patrícia?Ela é uma manipuladora e Ronnie conhecia muito bem suas artimanhas!Por que não me havia dito nada. O tinha perdido para essa estúpida. Incrível. Ela me disse que não nos deixaria casar nunca e cumpriu. Quem sabe que astúcia inventou para conquistá-lo.

Que mal agradecido! O odeio! O que aconteceu com a sua fidelidade! Como pode fazer isto comigo! Como desaparece sem dar-me explicação e mais, casando-se com essa víbora!O que me importa viver!Chorei e chorei... Até que já não tinha mais lágrimas para derramar.

Senti-me como se houvesse perdido uma perna ou um braço, ou o coração inteiro. O vazio é desesperante. Muito tristemente tirei o anel do meu dedo, que tão orgulhosa levava e o atirei em uma gaveta de uma mesa, que tinha na entrada.Não o queria ver mais.

Pouco a pouco os dias passaram muito lentamente. Ainda que minha tristeza fosse intensa, não me deixei cair no abismo da solidão, por ele.

Eu também tinha o meu orgulho e não ia suplicar a ninguém que me quisesse. Eu também sou uma pessoa de valor e mereço o melhor, e definitivamente , Ronnie não é o melhor para mim. Isso já é decidido.

Com profunda determinação, me dediquei ao meu futuro e profissão.

Minha carreira depois de um tempo começou a ver os frutos de minha dedicação. As vendas em meu departamento haviam aumentado tremendamente e o meu nome estava nos lábios de todas as pessoas da empresa, especialmente no setor de vendas. Meu nome era uma inspiração.Todos sabiam quem era eu! Sunita Franco!

Amava o meu trabalho e o fazia muito bem. Estava feliz, contanto que a minha mente não me levasse a nada, que se relacionasse com Ronnie Waddell e o meu passado!

Pelos três anos seguintes, continuei sendo a número um, na produção na empresa.

Duas vezes por ano, todo ano, como incentivo; a empresa oferecia prêmio de viagens para os melhores produtores. Um em Fevereiro e outro em Agosto. A viagem tinha tudo pago por uma semana.Incluíam: avião,hotel, comida e dinheiro extra para gastos inesperados e para comprar lembranças.Além disso, a empresa dava muitas honras, presentes e reconhecimento.

Como resultado da minha dedicação e êxito, eu ganhei quatro viagens por três anos consecutivos. Tive a oportunidade de ir ao Havaí, aos melhores hotéis em Maui e Kawai. Viajei a Whistler, um Resort muito importante para esquiadores profissionais no Canadá. Fui a Bahamas, Puerto Vallarta, Coral Beach, Cancún e um cruzeiro de fantasia para Bahamas em um navio chamado "Carnaval".

Sim, todas essas viagens e cargos, ajudaram-me a viver a minha vida sem o Ronnie e suas cartas, mas nunca me ajudaram a esquecer. Ronnie estava sempre em um lado do meu coração. Casado ou não, sempre estaria ali em um canto de minha alma.

Com o tempo, Marco chegou a ser um amigo muito compreensivo e me dava bastante ajuda, onde eu necessitava. Muito do meu êxito, eu devo a ele.

Infelizmente de uma amizade, nunca poderia passar. Contei-lhe minha história com Ronnie, a detalhei para que ele entendesse o porquê eu era tão fria e calculista e porque nunca poderia dar-lhe mais do que amizade.

Ronnie havia me levado tudo!Eu inconscientemente também havia lhe dado tudo. Meu amor. Meu coração.Minha alma.Especialmente minha vida como mulher, pois não a podia compartilhar com ninguém mais.Era como viver, mas estar morto.Minha personalidade mudou completamente e não foi para impressionar.

Que tristeza que a vida me tinha levado a essa situação com respeito ao amor, mas não pude impedir. Não estou segura que algum dia, poderá voltar a amar. Eu não sinto amor, nem nada por ninguém, apenas uma tristeza profunda por mim.

Meu êxito na empresa sim, seguia sendo fenomenal. Com o tempo comecei a sentir-me segura de mim mesma, me sentia orgulhosa dos meus êxitos e tudo o que havia conseguido por todos estes anos e senti que eu estava me recuperando em parte, um pouquinho de minha felicidade...

Até que uma quinta-feira...

Capítulo 10

Marco e eu fomos chamados a uma reunião urgente com os gerentes da Empresa de Telecomunicações. Foi-nos dito que havia um projeto muito importante com uma empresa na cidade de San José, chamada Artek, Marco e eu havíamos sido designados para o projeto.

Esta cidade está localizada a várias horas de carro, a partir de meu escritório em Irvine. Artek necessitava que estimássemos o custo de linhas de telefones celulares para dois mil empregados. Eles também queriam saber o custo de trezentas unidades mais, para projetos especiais.

Este projeto se fosse ganho; colocaria a empresa de Telecomunicações na categoria número um, entre todas as empresas de telecomunicações, não só na Califórnia, mas também em todos os Estados Unidos. O lucro para a nossa empresa seria de mais de um milhão de dólares por ano.

Este era um projeto sensacional. Este era um sonho de gratificação de Marco e meu, que teríamos a oportunidade de ganhar bastante dinheiro.

Nós tínhamos que ganhar esta conta. Este era um projeto de vida ou morte par nós!Nós tínhamos que demonstrar que nossa Empresa oferecia o que necessitavam. Não só a melhore equipe, mas também o melhor serviço.

Que oportunidade tão colossal!

Marco e eu já estávamos prontos para este desafio!Estávamos muito entusiasmados de receber tão maravilhosa conta.

A Empresa nos deu dois dias para preparar.

Trabalhamos bem duro aquele fim de semana, pois na segunda seguinte teríamos que estar em San José, fazendo a apresentação ao Presidente de Artek e sete executivos mais.

Aquela segunda, Marco e eu chegamos cedo para a nomeação que tínhamos com o gerente da Artek. Os escritórios executivos eram no décimo segundo andar. Quando entramos ficamos deslumbrados com tanta elegância.Que demonstração de dinheiro!A vista do décimo segundo piso era magnífica! Inspiradora!

No momento de sermos recebidos, nos dirigimos a um salão executivo muito grande. Na metade de uma grande sala havia uma mesa oval, gigantesca. Ela era feita de uma madeira finíssima escura e brilhante.A mesa era rodeada de cadeiras executivas, muito confortáveis, forradas de couro na cor de caramelo suave. Divino!

Meu coração saltava da emoção e do receio da apresentação. Marco e eu estávamos bem preparados, mas de todo modo, estávamos nervosos, pois a conta era muito grande e não podíamos perdê-las. Nós sabíamos que haviam duas empresas mais na concorrência conosco e que era possível perder o cliente, se as outras empresas oferecessem preço melhor

Pouco a pouco os executivos entraram e pouco a pouco, nós chegamos a conhecer um a um.

Pensávamos que todos estavam presentes, assim que começou a apresentação. Eu tinha a introdução e Marco tinha a conclusão. Tudo corria bem.

Enquanto estava de costas, explicando us gráficos que eu tinha trazido com Marco, senti que alguém abriu a porta. Pensei... que pessoa tão rude de chegar tão tarde a reunião.Mas eu continuei, sem olhar para trás.

Vi pelo canto do olho que alguém entrou e se sentou na cabeceira da mesa. Não prestei nenhuma atenção e segui com a apresentação. Quando me voltei para olhar os executivos e ver se tinham perguntas; vi na cabeceira da mesa uma figura alta e viril.Seu rosto estava rodeado por uma barba pesada, extremamente nítida e seu cabelo com raios de prata aos lados, lhe davam uma presença irresistivelmente masculina.

Olhando rapidamente senti uma sensação muito conhecida anteriormente, meus pensamentos me levaram imediatamente a Ronnie. Humm não pode ser...

Mas nesse mesmo instante nossos olhos se encontraram e ficaram imóveis, estremecidos por um momento. Meu corpo trêmulo com uma chicotada de eletricidade mil volts. Eu queria esfregar os meus olhos uma e outra vez para que eu não ficasse confusa, mas o momento elétrico me mantinha paralisada. Quem estava ali?

Ronnie? Seria possível ser este Ronnie?

Oh Deus meu, siiim, é Ronnie! O que havia chegado tarde era Ronnie! Ronnie!

O que faz este animal aqui? Cachorro vivo!Casado com outra! Maldito! Como se atreve! O que faz aqui mico infeliz?

Meu ódio e meu rancor me golpeavam duramente. Meu coração e minha consciência gritavam com ódio e rancor. Quem pode aguentar esta situação? Queria sair correndo a toda à velocidade, mas estava na metade da apresentação! Como posso sair daqui!

Senti-me como um passarinho que acabava de perder suas asas sem poder salvar-se do inimigo e voar.

Sem pensar mais e sabendo que esta conta era muito importante para nós e nossa empresa, não a podia estragar.

Não podia deixar que este cachorro infiel me machucasse outra vez. Como pude, eu tirei energias de um ataque de adrenalina, que tive e o cumprimentei como se ele fosse outro executivo qualquer, sentado nessa mesa tão intimidante e imponente.

Caminhei lentamente do quadro negro até a mesa, onde Ronnie estava sentado e me apresentei...

-Senhor Ronnie Waddell! Que surpresa vê-lo aqui!

Seus olhos ainda estavam centrados em mim. Seu rosto refletia surpresa e confusão.Ronnie estava aterrorizado, surpreso, confuso, ruborizado.Eu senti tudo!Mas depois de alguns momentos, Ronnie o ocultou muito bem, seu rosto desviou-se do encantamento do momento e ele recuperou a sua postura.

-Sunita!... Que prazer te ver aqui! Como o mundo é pequeno de verdade!

Como sempre, sua presença me fazia tremer. Minhas pernas perderam as forças, mas eu tinha que continuar. Não podia acreditar que depois de todos esses anos nos encontraríamos aqui. Maldito!Quem é ele nesta empresa? Será um dos gerentes? O que faz aqui?

-Sim, é um prazer vê-lo de novo. -Respondi.

Eu respondi muita seca e com desprezo. Como pude, comecei a encurtar a minha apresentação.Eu estava segura, que todos perceberam o nosso momento elétrico e minha mente já não podia pensar.Dirigi meu olhar desesperadamente até o Marco e com minha mente, lhe implorei que me salvasse.

Marco entendeu o meu sinal! Parou imediatamente, enquanto com seus olhos tratava de perguntar-me se este era o Ronnie do passado, o Ronnie, que me havia deixado por outra mulher. É este o teu Ronnie? É esta a pessoa que me contou que roubou o seu coração?

Com um sinal positivo de minha cabeça, lhe indiquei que sim! É este! Salve-me! Gritei a Marco, outra vez. Salve-me, já não posso ocultar mais o meu desgosto!

Marco felizmente entendeu perfeitamente a situação, e viu o meu desespero. Ligeiramente e caminhando até mim, tomou à dianteira e me indicou uma cadeira, localizada não muito longe da janela, mas com vista ainda para todos os executivos.

Eu quase não pude chegar à cadeira devido à agitação e debilidade de minhas pernas. Meu ânimo se escapava, e meu coração queria sair saltando para suicidar-se, por essa janela.

Já sentada, continuei olhando Marco, ignorando o Ronnie completamente. Dava-me medo olhar sua mão e ver o anel de casamento. Tinha muita curiosidade e quando tive oportunidade, por um canto do olho, olhei a sua mão. Sim, sim tinha o anel de seu casamento.Que dor senti.Que fúria senti.Doía-me pensar que ele quisera essa Patrícia e já não me queria mais.

Rispidamente, Ronnie começou a fazer perguntas muito rudes e duras a Marco, como tratando de nos atrapalhar em nossas próprias palavras. Ele tomou o controle da reunião e falou com muita autoridade.O resto dos executivos não o refutaram ou disseram nada.Ronnie tinha o domínio completo.

Marco estava pronto para discutir e respondeu com muita certeza e direto ao ponto, para não dar-lhe chance de mal entendidos. Tínhamos que provar que nós éramos a melhor empresa para o que necessitavam, com a melhor equipe e o melhor serviço.

A reunião terminou depois de duas horas agitadas. Combinamos que tínhamos que voltar a semana seguinte para provar nossos preços e revisar a quota para o investimento.Nós ainda corríamos o risco de perdê-lo todo.

Quando a reunião terminou, Ronnie saiu rapidamente, mas não sem dar-me uma olhada maravilhosa e um "Te ligo depois".

Eu lhe respondi com um sorriso, mas rapidamente sussurrei... Que pensas, que vamos ser amigos? Não senhor! Você se engana!

Tão logo Ronnie saiu da sala de reuniões, senti um alívio, pois a pressão que senti por horas foi tremenda.

Voltamos para a limusine com Marco, para retornar ao escritório em Irvine. Ele estava aceleradíssimo e tinha muita curiosidade no assunto.

-Sunita! O que aconteceu na reunião? Você sabe quem é Ronnie Waddell?

-Não! O que faz esse homem aqui? Por que fez tantas perguntas e estava tão envolvido no negócio?

-Sunita!...Ronnie Waddell é o Presidente da Empresa! Ele é o que dá a última palavra.

-O queee? Oh meu Deus!

Não sabia se ria ou chorava.

-Sunita! É Ronnie o mesmo que te causou tanta dor?Ele que estava na Espanha? Teu Ex?

-Sim, é ele mesmo! Ele que parou de telefonar e me deixou encafifada porque se casou com outra!Ele mesmo!Como lhe parece de encontrá-lo aqui? Maldito!

-Marco; eu não sei se vou poder seguir com esta conta. Estou pensando em retirar-me e deixar alguém mais que te ajude com ela ou eu com as minhas emoções tão alteradas vou acabar com a oportunidade de adquiri-la.

-Não!Não! Não! Nem pense em semelhante barbaridade! Você sabe que ele já está casado e tudo está terminado entre vocês. Isto pode ser muito benéfico para adquirir a conta, porque ele te conhece e sabe quem você é.

-Não Marco! Ao contrário! Não posso colocar a conta em risco de perdê-la. E se disser não nos negócios, porque já não quer saber nada de mim? Não! Não! Que situação tão terrível!

O choque de vê-lo outra vez foi tão grande que comecei a chorar como uma pessoa perdida no deserto. Por que eu tinha que vê-lo agora, que eu estava me recuperando do primeiro golpe que ele me havia dado?Sinto-me perdida e minhas lembranças me atormentam!

Marco, pelo contrário estava feliz com acontecido. Disse-me que pela maneira que Ronnie havia me olhado se via ainda muito atraído por mim.

Por outro lado, Marco via a minha dor e não sabia como consolar-me. Que situação!

Essa semana seguinte foi como um apagão para mim. Não podia me concentrar.Um momento eu estava nas nuvens e no céu com a emoção de vê-lo de novo, e outras vezes me levava à fúria e baixava a caldeira do inferno, com sentimentos de cólera e vingança.

Eu esperei que ele logo me chamasse para dar uma explicação. Eu queria que ele me desse uma explicação do porque ele havia me deixado.Eu teria entendido e eu teria me conformado mais facilmente a sua decisão.

Mas nesta semana Ronnie não me telefonou...

Capítulo 11

Na segunda-feira seguinte, fomos outra vez a Empresa de Artek para fazer nossa segunda apresentação.

Enquanto fazíamos a viagem por duas horas, a partir do meu escritório em Irvine, não podia deixar de pensar:

"Não sei como confrontá-lo! Não sei como raciocinar!"

"Ele está casado! Já não tenho direito de pensar Nele!"

Tenho que ser muito profissional. Tenho que ter forças para ocultar o que sente o meu coração.

Ao chegar ao décimo segundo andar, vimos que todos os executivos estavam sentados ao redor da mesa, prontos para a segunda apresentação, mas Ronnie não estava ali. Meu coração tremia de vê-lo outra vez. Ele parecia um pouco envelhecido, mas o tempo o havia tratado bem. Sua pele estava dourada pelo sol e os lados de seu cabelo cintilavam como prata, dando-lhe um ar de grandiosidade e seriedade.

O procurei entre os outros executivos com timidez, mas não o encontrei.

Imaginei que não iria lhe ver desta vez e me senti menos tensa, para começar a apresentar a proposta final. Desejava com todo o meu coração não vê-lo esta vez.

Começamos na hora marcada e tudo ia muito bem, até quando uns minutos mais tarde, sua presença e seu perfume chegaram ao salão. Mordi os lábios, quando ele entrou. Por que não pode chegar nunca a tempo? Cachorro infiel! Eu o ignorei e prossegui com o meu argumento.

Quando terminei o que eu tinha que dizer, (temia que Ronnie começasse com uma discussão brutal, como na reunião passada), nem o olhei, mas dirigi meus olhos aos executivos apenas, e os convidei a uma discussão a respeito da nova proposta, mas em vão foi minha tática, pois imediatamente Ronnie tomou o controle.

-Sunita! Há duas coisas que me preocupam nessa apresentação:

Uma é: que garantia temos de que tudo o que foi proposto será feito com precisão e a tempo?

Segundo: O tipo de equipamento que está me propondo me parece muito complicado e custoso. Temos outras empresas que nos oferecem melhor equipamento por um preço menor.

Claro, eu tinha que colocar-me na defesa na frente de todos. Já sabia que ele ia colocar-me à prova. Parecia que ele queria me confundir em minhas próprias palavras.Miserável! Mas não vou deixar que ele me intimide com suas palavras de dúvida. Assim, me dirigi a ele com confiança e firmeza:

-Sr. Waddell! Eu entendo a sua preocupação. Nossa empresa analisou minuciosamente as suas necessidades e pela nossa experiência temos chegado a esta conclusão:

Primeiro que todos têm a habilidade de cumprir com cotas e horários de produção e entrega, como foi demonstrado e confirmado na apresentação de segunda-feira passada.

Em segundo lugar, a equipe escolhida lhe dará a precisão que necessitar, no momento que precisar, com grande velocidade e execução. Pelos estudos que temos feito, se tem confirmado que nenhuma outra equipe pode fazer e executar as funções que você precisa para fazer o trabalho.Comprar outro equipamento seria muito arriscado, pois vocês necessitam confiança no produto, conexão imediata, clareza .Você se sentiria em boas mãos com um equipamento, que não funciona no momento necessitado? Não!Não é?

O rosto deste homem mudou em mil cores, como um camaleão. Notando sua atitude, fiquei mais segura.Agora era a minha hora de colocá-lo entre a cruz e espada, na frente de todos os executivos.Eu senti que estava no meio de uma guerra de Titãs.

Ronnie colocou a mão em sua barba arrumada e seriamente respondeu:

-Não! Claro que não! Muito bem respondido Sunita!

Vamos nos reunir esta semana para estudar e discutir sua proposta. Como já sabem, temos outras Empresas apresentando cotas também. Daremos-lhe uma resposta na próxima semana.

Discussão encerrada! Todos pararam e andaram rapidamente, incluindo Ronnie. Marco e eu ficamos imóveis.Marco me parabenizou por minha reação e forma de apresentação.

-Sunita! Que maravilhosa, lhe vi defendendo seu ponto de vista, como um demônio!Suas respostas foram certas e claras! Eu penso que por suas respostas tão certas vamos ganhar esta concorrência.

Não!Não se apresse Marco!Eu já não confio nas pessoas como antes e muito menos nele. Não estranharia se por vingança não nos desse a conta e se a desse a outra Empresa, a que ele disse que tem uma equipe mais barata.Hummm...!

-Bom Sunita! Eu penso que vamos pegar! Vamos ver o que vão dizer na próxima semana.

Que feliz eu estava nesse momento, pois eu havia ido e não tinha que enfrentá-lo mais.

Voltamos para o escritório três horas mais tarde. A expectativa de todos os executivos de nossa Empresa era bem grande. Naquela tarde fomos convidados de honra pela minha empresa para uma refeição no Clube Oasis para informar a todos os executivos sobre as últimas notícias.

Eu supliquei a Marco que não mencionasse aos gerentes nada de meu passado com o presidente da Artek, pois não queria ser culpada por perder a concorrência e ao mesmo tempo talvez perder o meu trabalho ali.

Todos estavam muito seguros dos resultados, com isso trazendo mais tensão aos meus nervos.

Agora tudo o que tínhamos que fazer era esperar. A semana passou tão lentamente, nós íamos nos tornando loucos de ansiedade, mas tratamos de nos ocupar em outras contas para nos distrairmos.

Finalmente a segunda-feira chegou, mas não recebemos nenhuma chamada. Passou a terça-feira e ninguém ligou.Finalmente na quarta-feira recebemos a ligação, mas nos disseram que estavam considerando outra empresa, e que não haviam feito a decisão, ainda.

A tentação de ligar para o Ronnie e suplicar que nos desse a conta foi muito grande. Mas não podia influenciá-lo e obrigá-lo. Depois de tudo, nós não tínhamos nada que ver um com o outro.Nosso laço estava quebrado por culpa dele.

Enquanto isso, Marco estava me enlouquecendo...

-Eu sei Marco! Eu também quero ganhar a fatura, mas não suplicando a Ronnie. Não! Não posso fazer isso! Talvez isso seja o que ele quer de mim. Fazer- me sofrer, ou que lhe implore. Não !Não vou fazê-lo!

-Sunita! Eu vou contar a história de seu romance com o presidente da empresa, aos executivos de nosso escritório se você não fizer algo agora!

-Marco! Não se atreva! Não seria capaz de fazer isso de fato?

-Não me tente Sunita!

-Não me coloque mais nervosa do eu já estou Marco! Há mais satisfação se ganharmos a conta porque merecemos, não porque influenciamos o presidente.

-Tem que chamá-lo e fazer-lhe uma oferta! Parece que é o preço que lhe demos que o que o está fazendo duvidar de nossa oferta, sugiro a você que o chame e faça a negociação. Ofereça-o 10% abaixo. Vou falar com os gerentes daqui para conseguir a permissão. Já lhe confirmo esta tarde! Estava bem chateada com Marco, porque estava empurrando-me a ligar-lhe e eu por razões pessoais, não queria fazer essa chamada. Mas eu sabia que talvez, Marco tivesse razão. Se os gerentes se inteirassem que perdemos a concorrência por minha culpa e minhas razões pessoais, certamente perderia o meu emprego e todas as minhas estrelas tão duramente ganhas.Isto era muito, para arriscar assim.

Umas horas mais tarde, Marco me ligou e falou que havia conseguido a permissão de baixar 10%. Agora eu era obrigada a ligar-lhe e fazer a negociação.

Para mim, isso era muito difícil de fazer, mas tinha que fazê-lo pela Empresa e por nós. Tinha que esquecer sentimentos pessoais e lutar pela conta.

Uma hora mais tarde e fazendo muito esforço, comecei a discar o seu número de telefone com o meu coração na mão tremendo como uma menina de escola.

Sua secretária respondeu a chamada e rapidamente me colocou na linha...

-Olá Ronnie?

-Sunita, como vai? Que prazer lhe ouvir!

-Obrigada Ronnie, o mesmo!

Eu morria de medo de falar com ele, mas tratei de que não notasse minha voz tremendo. Eu limpei a garganta um pouco para dissimular e fui direto ao negócio.

-Entendo que não se tenha feito uma decisão ainda, da empresa que vai ser a escolhida para suprir as linhas telefônicas. Você pode me dizer se podemos ajudar a termos uma resolução a nosso favor?

-Sim, estamos contentes com o que a sua empresa nos oferece, mas o preço é um pouco alto, em relação ao que a outra empresa nos oferece.

-Ronnie, que tal se nós negociássemos o preço, uma vez mais? Acredita que se baixássemos o preço, uns dez por cento da soma total, teríamos uma oportunidade?

Eu temia de saber sua resposta, pois não sabia ainda o que ele sentia por mim. Ódio? Rancor? Não sabia por que ele havia deixado de me escrever. De me amar? Para mim era muito difícil tratá-lo como um cliente, ao invés de um namorado. Ronnie também estava falando-me muito profissionalmente e não podia distinguir suas intenções.

-Bom Sunita! Deixe-me falar com o meu grupo aqui, para discutir sua nova oferta.

-Que tal se lhe ligar amanhã nesta mesma hora?

-Muito bem! Falamo-nos amanhã.

Eu dei um suspiro impressionante e fiquei imóvel na minha escrivaninha, por alguns momentos. Tão logo me recuperei, saí correndo para procurar Marco e dar-lhe a notícia de que iam considerar a oferta.Ainda que dez por cento não seja muito, ao menos lhe demonstramos que sim, queríamos a conta e estamos dispostos a lutar por ela.

Meu coração estava em pedaços e queria apressá-lo!Marco notou o esforço tremendo que eu havia feito ligando-lhe. Ele tratou muito amavelmente de consolar-me e mostrar-me o lado positivo da situação.

Pelas próximas horas e até o dia seguinte, não pude trabalhar comer e muito menos dormir. Os nervos estavam me matando em todos os sentidos, profissional e emocional.Não sabia qual era o pior.E além disso, tive que chamá-lo outra vez.

Finalmente chegou a hora da verdade. Com o meu coração saltando em meu peito tratando de sair...liguei-lhe outra vez...

-Olá Ronnie!

-E aí Sunita!

-Como lhe disse ontem, ligo para ver se você tem decidido, quanto ao serviço telefônico para a empresa.

-Sim Sunita! Sim nós temos feito uma decisão calculada. Analisamos os aspectos positivos e negativos e concluímos o seguinte...

Ronnie pausou por uns momentos. Meu coração caiu ao piso!

Minhas pernas tremeram. Minha voz estava fraca.Se me disser que não o odiarei para sempre! Se me disser que sim, o amarei para sempre! Rapidamente para cortar o frio da conversa, disse...

-Siiim Ronnie?

-Parabéns Sunita! A conta é sua! Pode passar e recolher o contrato. Já está assinado.Um de meus sócios lhe ligará para prosseguir com a instalação e o resto do processo.

- Obrigada Ronnie, não se arrependerá! Marco e eu estaremos aí amanhã.

-Eu sei disso! Você tem feito um bom trabalho... Sunita!

-Obrigada e um bom dia Ronnie!

Tão logo desliguei o telefone dei... um grito de triunfo como nenhum outro que eu fiz na vida!Todos estavam fora do meu escritório esperando a notícia. Abri a porta...

-A conta é nossa! Yehhh! Já assinaram o contrato. Amanhã nós iremos pegá-lo.

Os gritos que todos desprenderam foram de alegria, de conquista, de triunfo. Marco chorava de emoção. Ganhar essa conta significava uma melhor posição na empresa, com mais dinheiro e honras. Ele me abraçava e me beijava de todo o coração. Isto era incrível! Imediatamente os gerentes organizaram uma reunião para coordenar o plano de instalação e entrega.

De hoje em diante seríamos, os melhores da empresa. Que satisfação! Que triunfo tão maravilhoso!

Mas... Será que Ronnie influenciou a todos para que eu pegasse a conta, por que ainda me queria?Ou seria por que realmente Marco e eu representamos a empresa com diligência e asserção e merecemos a conta?

Eu nunca saberei! Mas o que eu sei é que hoje, tem sido um os melhores dias de minha vida, em minha carreira e profissão.

Capítulo 12

Eu tenho escrito minhas memórias por uma semana inteira. Sim eu tenho me confortado e distraído com todas essas lembranças boas e más. Tenho escrito dia e noite, quase sem parar. Cada momento e cada dia vivo pela ilusão do amanhã, a ilusão de sua ligação, explicando-me o que se passou.

De repente... Meus pensamentos e minha escrita foram interrompidos pela campainha na porta... a qual me fez voltar ao presente e deixar de escrever a respeito de meus triunfos passados.

Exaltadamente eu parei e corri para a porta para responder.Quando a abri tive um distúrbio e um enjôo terrível. Apoiando-me ainda na porta meio aberta, vi Marta Lucia.

-Marta Lucia! O que você faz aqui?

-Sunita! Vi que você não tem me chamado e tão pouco tenho lhe visto sair à praia, por uma semana. Eu já estava preocupada! Eu queria saber como você prosseguia!

Marta Lucia é minha vizinha. Ela vive em uma casa juntamente a minha aqui na "Praia Hermosa".Ela é da Argentina; recém casada com um venezuelano muito bonito chamado Roberto.Pessoas muito queridas. Víamo-nos quase todos os dias, pois saíamos a correr juntas pela praia. Marta Lucia era a única amiga que eu tinha na vizinhança.A única que me entendia.A única que sabia toda a minha história com o Ronnie.

-Ah Marta Lucia! Sinto-me um pouco fraca Ughhh-

Sai correndo para o banheiro, pois me deu uma ânsia que não podia conter. Marta Lucia imediatamente entrou e me seguiu ao banheiro localizado na entrada.

-Ay não Sunita! Não me diga que tem ânsia? Você comeu algo que lhe caiu mal?

Não! Não, tenho comido nada.

A respondi, enquanto vomitei o pouquinho que eu tinha dentro de mim. Em seguida, entrei na sala para sentar-me e descansar por um momento, pois estava completamente fraca e enjoada.

- Como me sinto mal Marta Lucia! Hugh! Não sei o que pode ser!

-Olhe menina, você tem me preocupado!Não quero agora que você fique doente e se ponha mal. Deixe-me dar-lhe algo para comer.

-Não! Não! Não! Não tenho fome. Deve ser porque estou bem atordoada porque eu tenho estado escrevendo dia e noite.Quero por no papel, tudo o que me recordo da minha vida com Ronnie.Não quero esquecer nada de nosso passado, nem o bom, nem o mal.Esta é a única maneira que encontro consolo.

-O que, ele ainda não te ligou? Não lhe disse nada do porque não regressou?

-Não! Nada! Se a terra o comeu!Por isso me distraiu escrevendo tudo o que me lembro. Assim me sinto melhor!

-Quanto tempo faz que está escrevendo?

-Desde que meus pais se foram, há uma semana.

Ainda que Marta Lucia estivesse preocupada com a minha saúde, tratou de me distrair e ver se eu me sentia melhor...

-Que tal se me deixar ler um pouquinho do que tem escrito Sunita?

-Não! Não! Eu não sou escritora. Só o estou escrevendo para mim.

Respondi-lhe, enquanto tinha os meus olhos fechados e minhas mãos no estômago, pois não podia mover-me do mal-estar tão grande que sentia. Enquanto que sem que eu notasse, Marta Lucia encontrou meus escritos e começou a lê-los

-Marta Lucia! Pare de ler! Olhe, que agora eu aceito um chá. Eu estou me sentindo bem mal. Anda! Pare de ler! Hugh! Dê-me um pouquinho de chá!

Eu me retorcia na cadeira de um enjôo tão espantoso. Outra vez saí correndo para o banheiro para vomitar.

Que pena Sunita! Outra vez vomitando? Sim, sim eu vou e volto rápido.

Incomoda-te se eu for para a cama Marta Lucia?

Não! Claro que não logo eu te encontrarei lá.

Caminhei muito devagar para meu quarto quando senti que o ar me faltava e não sei mais o que se passou.

O que eu recordo é que Marta Lucia tinha minhas mãos em suas mãos, mas não estávamos em meu quarto, estávamos no Hospital.

-Marta Lucia que faço aqui? Que aconteceu? Porque estou no Hospital?

-Ai Sunita! Que susto você me deu! Quando eu fui levar o chá no seu quarto, lhe encontrei desmaiada no chão. Chamei rapidamente a ambulância e lhe trouxe aqui para o Hospital. Como você está se sentindo?

-O que você disse?

-Não se preocupe! O Dr. Ross já lhe examinou!

Disse-me que a razão pela qual você desmaiou é por toda a tensão que você tem tido com tanta tragédia e também me disse que tinha mais uma razão muito grande para o seu desmaio.

Bem angustiada eu apertei a sua mão...

-Marta Lucia... O que está acontecendo? Diga-me a verdade.

-Bom Sunita o que você tem é algo maravilhoso e eu sei que você vai gostar...

Ela interrompeu bruscamente...

Como que eu vou gostar... - respondi com angústia.

-Não fique alterada menina, é que você está esperando um bebê!

-O que? Esperando? Bebê? Cegonha?...

Aí quase que eu desmaio outra vez! Como eu podia estar grávida!

Oh Deus meu! Isto é só o que me faltava, Como eu poderia seguir com tudo o que me vinha encima? Como poderia suportar mais angústia? Agora sim eu ia precisar... Ronnie onde diabos você está metido? Quando você vai me ligar?

-Marta Lucia! Chame o doutor! Por Deus! Preciso saber se o bebê está bem!

Marta Lucia correu imediatamente para buscar uma enfermeira para que trouxesse o Doutor, para me explicar o que estava acontecendo.

Uns minutos mais tarde o Dr. Ross chegou para acalmar-me.

-Senhora Franco! Como se sente?

-Um pouco preocupada Doutor... Marta Lucia disse que estou grávida?

-Sim! Parabéns Senhora Franco! Parece que você tem passado por muita angústia ultimamente e você quase abortou. Tudo está bem agora graças a sua amiga que a trouxe rapidamente para o Hospital! Agora se você não se cuidar, isso pode se repetir e eu não lhe garanto o mesmo resultado de hoje... Tem que ter muita calma e estar em completo repouso por uns meses em casa, para estar segura de que não teremos outro incidente como este. Eu sei que tem passado momentos muito difíceis, segundo me disse a senhora Marta Lucia,e isto está afetando sua gravidez tremendamente.

É indispensável que tenha repouso absoluto pelos seguintes três meses.

-Doutor! Diz-me que tenho que ficar de cama por três meses?

-Sim, três meses agora! Vamos ver como segue estes meses e aí saberemos o que fazer nos três seguintes meses.

Por enquanto vamos tê-la no Hospital por uns dias mais, para estar seguro que tudo segue bem.

O Dr. Ross se despediu. Disse que viria mais tarde para ver-me outra vez e para fazer-me outro exame.

Quando eu dirigi meus olhos para Marta Lucia, ela estava me olhando como se eu fosse à coisa mais bela desse mundo. Acariciava meu rosto, dizendo... Que linda!

Parabéns Sunita. Você vai ser mãe! Que presente de Deus tão maravilhoso! Vai ver como tudo vai sair bem! Não se preocupe com nada, que eu cuidarei de você em todos os momentos que eu puder. Por favor, fique alegre Sunita! Sorria!

Sorrir?-pensei... Sim, eu sei que este momento deveria ser de felicidade, mas como posso pensar em mim? Todo o meu pensamento neste momento deveria ser de felicidade, mas como posso pensar em um bebê quando nem mesmo posso pensar em mim? Todo o meu pensamento neste momento está em Ronnie e nada mais.

-Ah Marta Lucia! Muito obrigada por toda a sua ajuda! Sim eu sei que é um presente de Deus! Só que nesta hora é tão ruim, tão inoportuno!

Como posso saber de Ronnie para dizer-lhe?

Como compartilhar este momento e esta ilusão? Porque me deixou só assim? O que pode ter acontecido?

-Sunita você ligou para a mãe dele em Chicago, para ver se sabem algo dele? Ou o seu celular?

-Sim... Claro! Falo com sua mãe quase todos os dias, mas ela nada sabe. Como se a terra o tivesse engolido! O telefone celular de Ronnie, ele o deixou na limusine e no dia do acidente e Gustavo o levou e devolveu para a companhia, pois esse telefone pertencia a Companhia Artek.

Começou a chorar com desespero. Que mais me pode acontecer?

Marta Lucia me apertava à mão fortemente e me consolava...

-Sunita! Não chores querida! Lembra que não tem mal que dure para sempre. Tenha confiança em Deus. Aí você verá que tudo vai dar certo. Tens que dar tempo a Ronnie para que enfrente a morte de sua filhinha e Patrícia.

Tem que dar a ele o benefício da dúvida e deixá-lo sozinho sofrer, se isso é o que ele quer. Eu estou segura que ele continua lhe querendo e no momento que puder voltará. Pense agora em seu bebê e em cuidar-lhe para que possa crescer com saúde e feliz.

-Você tem razão Marta Lucia! Agradeço por suas palavras de alívio! Sim tenho que pensar na vida que está crescendo no meu ventre. Que milagre de Deus!

Finalmente Marta Lucia, antes de ir embora chamou a enfermeira para que me desse algum tranquilizante para eu dormir toda a noite.

No dia seguinte Marta Lucia veio me visitar no hospital com seu esposo Roberto. Eu já me sentia um pouco melhor, pois tinha podido comer um pouco sem ter que vomitar.

-Ah, Roberto como está?

-Sunita como está se sentindo? Marta Lucia tem estado muito angustiada por você. Ela me disse que você lhe deu um bom susto.

-Sim Roberto. O que você acha de tudo isso? Uma tragédia depois da outra!

Não digas isso Sunita, pois você espera um filho. Que é uma das experiências mais maravilhosas deste mundo. Eu lhe felicito e pode contar conosco para lhe ajudar, enquanto Ronnie não aparece.

Marta Lucia me tem mantido a par de todos os acontecimentos.

No meio das minhas visitas, o Dr. Ross entrou no meu quarto trazendo-me notícias dos exames que foram feitos no dia anterior.

-Senhora Franco! Já temos os resultados dos exames que foram feitos, e tenho uma notícia bem grande para dar-lhe. Está preparada?

-Depende Dr. Ross! Se for uma boa notícia diga-me, por favor! Se for má não me diga nada! Eu não posso suportar mais más notícias.

-Senhora Franco tenho o prazer de informar-lhe que de acordo com os exames feito ontem, você esta esperando, GÊMEOS!

Caí sentada na cama de um salto! Só de ouvir a palavra- esperando já me dava pânico e agora o Doutor está me dizendo que eu estou esperando não somente um, mas dois?

-Ah! Não pode ser! GÊMEOS? Está certo Dr. Ross?

-Sim todos os exames indicam gêmeos. Agora tem mais motivo para que você se cuide muito e siga minhas orientações ao pé da letra. Você verá que tudo vai sair muito bem. Parabéns!

-Muito agradecida Dr. Ross.

Quando Dr. Ross saiu do quarto, nos três ficamos com nossas bocas abertas olhando-nos com olhos bem grandes de surpresa.

Meu sorriso agora estava de orelha a orelha. Meu coração saltava de tanta emoção. Vou ter dois gêmeos dele. Dois em vez de um. Senhor. Por favor, ajude-me para que tudo corra bem.

Enquanto que Marta Lucia e seu esposo brincavam tão felizes como se fossem eles que iriam ter os gêmeos, Me abraçavam e beijavam como loucos.

-Parabéns Sunita! Você vê que maravilhosa surpresa? Que felizes estamos por você!

-Obrigada Roberto! Obrigada Marta Lucia!

Comecei a chorar inconsolável! Esta surpresa era tão doce como amarga. Que privilégio de ter gêmeos, mas que tristeza de tê-los sozinha, sem um pai.

- Controle-se Sunita! Acalme-se! Pense que agora tens que viver para os dois. Pare de chorar!

-Eu sei. Sim! Eu não sei nada de bebês e muito menos de gêmeos, ou de estar grávida! Que vou fazer?

-Será algo mais que terá que dedicar-se a aprender Sunita, para que tudo corra bem na gravidez.

Você deve tomar vitaminas e mudar sua dieta, para garantir que dará aos bebês um lar agradável e saudável. Não se preocupes, eu lhe ajudarei.

-Sim Marta Lucia... Há muito por aprender...

Marta Lucia e Roberto me levaram para casa, quando me deram alta no hospital, uns dias mais tarde. Ajudaram-me a me acomodar em meu quarto. Terás que ficar três meses quieta e procurando ter muita calma. Ajudaram-me a por muitas almofadas na cabeceira da cama para eu ficar mais confortável. Trouxeram-me o computador para que eu continuasse a escrever e não me aborrecesse com a solidão. Também me puseram um telefone na cabeceira da cama para poder estar em contacto com todos sem levantar-me.

Arrumaram uma mesinha cheia de sucos e coisas que eu necessitava durante o dia e a puseram do meu lado esquerdo. Enfeitaram meu quarto com flores e música suave para eu escutar todo o dia.

Minha felicidade agora, melhor dizendo nossa felicidade agora dependia de minha atitude e maneira de enfrentar esta nova situação.

Eu estava de férias na empresa que eu trabalhava por um mês.

A primeira coisa que eu fiz quando Marta Lucia e Roberto se foram foi comunicar a minha empresa do meu estado.Eu lhes disse que não poderia ir trabalhar por uns meses, devido a minha condição de grávida. Também me comuniquei com meu seguro.

Em seguida chamei a minha família para contar-lhe o ocorrido. Minha mãe logo que se soube da notícia quase desmaiou de emoção e da surpresa que eu lhe dei.

Começou a gritar e podia escutar pelo telefone, que ela pulava de alegria. Por outro lado ela se mostrou muito preocupada comigo, não só pela gravidez e sim pela condição emocional que eu me encontrava pelo que havia acontecido.

Prometeu que viria me visitar e ajudar-me nos últimos meses da gravidez. Eu prometi que eu ia me cuidar enquanto eu esperava a sua chegada em alguns meses.

Agora depois de tantas emoções e exaltações pelas novas notícias, me encontro nas piores condições... Na cama... esperando dois bebês como se fosse pouco.sozinha e sentindo mais saudades do meu Ronnie, perguntando-me o que ele estaria fazendo e porque não tinha se comunicado comigo. Pensando o que havia acontecido esta vez de tão horrível para ele guardar tanto silêncio! Sim eu sei que a morte de sua família não foi pouco, mas é nesses momentos quando alguém fica mais perto dos seus entes queridos.

Não entendo... e para não pensar mais...enclausurei-me na minha escrita.

Capítulo 13

Meus pensamentos negativos constantemente chegavam à minha cabeça e eu sentia uma ansiedade insuportável.Teria que ficar de cama por três meses e teria que estar segura para os nenês crescerem com paz e felicidade.Para não voltar a ficar louca peguei o meu computador outra vez e continuei escrevendo desde aquele maravilhoso dia quando Ronnie me deu a notícia de que havíamos ganhado a conta para instalar mais de duas mil linhas telefônicas em sua firma de Arquitetos Artek. Continuei escrevendo...

A alegria de receber o contrato assinado foi um dos êxitos maiores de minha carreira e da de Marco.

Não só a comissão que recebemos foi colossal, mas também as honras, viagens elegantíssimas com tudo pago e adulações que a empresa nos deu, foram muito satisfatórias.

Algumas semanas mais tarde, depois de haver adquirido o grande contrato e o negócio estar já firmemente estabelecido, Ronnie me ligou.

A princípio, lhe tratei muito friamente, pois pensei que ele tinha uma pergunta referente ao contrato da conta, além disso, o fato dele já estar casado, não me dava fundamento para mais nada.

Quando me dei conta de que esta não era uma chamada de negócio, mas uma chamada pessoal, minha atitude mudou totalmente. Interiormente me senti aliviada, pois queria saber o porquê da sua atitude.

Ronnie tinha uma meta e eu não podia ter a certeza, que direção ele ia tomar, mas o caráter dele era muito positivo, tanto que faltou pouquinho para implorar-me que nos encontrássemos, pois tinha que dizer-me algo muito importante e era urgente.

Eu lhe respondi, que não queria saber nada mais dele, ao menos que fosse algo de negócio com a minha empresa; mas ele insistiu que eu devia saber algo antes de tomar qualquer decisão.

Sim, realmente eu queria uma explicação e provavelmente, isto era o que ele me iria dar. Então aceitei o seu convite.

O que seria essa coisa tão importante e tão urgente que ele queria me dizer?O que eu teria que saber primeiro para depois deixar de vê-lo? Desejaria falar da conta que acabávamos de adquirir ou de algo muito pessoal? A curiosidade cresceu!

Combinamos de nos encontrarmos em um restaurante perto do apartamento que a empresa havia me dado na cidade de Irvine. A incerteza desse encontro me preocupava muito, pois eu não queria ter falsas esperanças e não queria maltratar mais o meu coração, o qual estava neste momento partido em mil pedaços.

O dia chegou e eu tinha que decidir que vestido devia usar. Ainda que eu não quisesse mostrar-me provocativa, tão pouco ei queria apresentar-me vestida como uma velha.Então, eu coloquei um vestido vermelho, até o joelho, colado à pele.Insinuante, mas não vulgar. Enfeitada com jóia delicada, que me faziam sentir como uma mulher sedutora, feminina e ao mesmo tempo sensacional.Deixei meu cabelo longo e negro, solto; para que caísse até minha cintura e se movimentasse ao ritmo do meu caminhar assim como ele me viu caminhar anos atrás no dia da minha despedida em Madrid.

Depois de esperar por alguns instantes, na entrada do restaurante, finalmente eu vi que ele vinha vindo, com seu corpo musculoso e poderoso e essa maneira tão viril de caminhar. Vestia uma roupa casual, mas elegante ao mesmo tempo.Sua barba fantasticamente arrumada o fazia parecer mais atraente do que nunca. Tão logo se aproximou, seus olhos e meus olhos se encontraram e não nos desviamos até que ele chegou perto de mim.

Ele estava com um sorriso que era tímido e inseguro. Sua energia e a minha energia se encontraram.Nossas mãos se entrelaçaram fortemente como que tratando de recuperar todos os dias de sua ausência. O ar ficou pesado. Minha respiração acelerou, meu coração quase saiu de mim.

Deixando-o apertar minhas mãos suavemente, abriu seus braços para abraçar-me, mas eu me retirei um pouco para trás e não o deixei. Ronnie murmurou...

-Sunita!

Eu fiz como se ele fosse um amigo que eu encontrava para tomar café.

-Que surpresa ver-te por aqui... Ronnie!

Estava tão nervosa que isso foi à única coisa que eu pude dizer. Caminhamos em silêncio até o salão da enrada do restaurante. Ele não sabia o que falar e eu não sabia o que dizer. A emoção me deixou muda de verdade.

A primeira coisa que eu notei foi a aliança em sua mão, eu vi pelo canto dos meus olhos, pois me dava medo olhar e confrontar-me com a verdade. Eu sabia que era do seu casamento e me doía saber que a bruxa da Patrícia tivesse destruído minha felicidade. Enfureci-me, mas ao mesmo tempo me deu equilíbrio para usar minha cabeça e deixar o coração bem fechado em uma caixa de ferro. Impenetrável! Exatamente como minha mãe me havia ensinado anos atrás! "Há momentos na vida onde é necessário pensar com a cabeça e não com o coração.

O restaurante era localizado na costa do mar. O entardecer estava suntuoso e o clima perfeito para a ocasião. Quando entramos vimos grandes janelas ao redor. As elegantes mesas estavam cobertas com toalhas brancas; elegantemente decoradas;

divididas por suntuosas palmeiras, dando a sensação de um paraíso tropical! Lugar maravilhoso!

Imediatamente nos dirigimos para uma mesinha de frente para uma janela. A vista do mar era tranquila e o sol começava a se por. Os veleiros à distância traziam um momento de paz e felicidade.

O garçom se aproximou e Ronnie pediu uma garrafa de vinho muito cara.

Com o meu coração ainda batendo fortemente senti que seus olhos se cravavam nos meus olhos como facas querendo rasgar todo meu interior.Eu não me acovardei, mas eu olhei nos seus olhos com o mesmo fervor. Sem deixar de me olhar Ronnie começou a falar...

-Sunita isto que eu estou fazendo hoje é muito difícil para mim.

Isso tem dado tantas voltas em minha mente e não sei como começar. Sunita! Eu nunca pude lhe esquecer!

-Não Ronnie, não fale disso. Você já é um homem casado, e o passado já é passado, nós dois o devemos esquecer!

-Não Sunita! Isso é o que te quero dizer. Eu já não estou casado! Patrícia e eu nos divorciamos há alguns meses. Ela vive em Los Angeles com Conchita, minha filhinha do coração e eu vivo em San José...sozinho.Eu pego a Conchita todos os fins de semana e isso é tudo.Não há nada mais!

Minhas bochechas nesse momento se ruborizaram e minha pele chegou a ficar tão quente como o sol. Mas, ainda tinha o anel em seu dedo.O que?Ele queria me enganar? Eu não podia acreditar, pois em sua mão, ainda levava o anel de casamento. Eu me enfureci, mas tratei de não demonstrar meus sentimentos de raiva e dor...

- O quanto sinto Ronnie, você não tem ideia!

-Eu sei que você estará perguntando por que te deixei de escrever e nunca liguei. Isto é muito difícil para mim, pois não sabia como você iria me atender e ainda mais, não sabia se acreditaria em mim.Eu quero que saiba o que aconteceu.Eu quero que saiba a verdade!

-Não!... Ronnie!Eu não necessito de nenhuma explicação. Essa foi à decisão que você tomou. Você se casou e eu sai do seu coração.Não há mais o que dizer.Não há mais para explicar!

-Sim! Sim há mais o que dizer! Escute-me, por favor!

-Sim! Quando você se foi, Patrícia insistiu em uma relação, mas eu lhe disse que não estava interessado. Ela sabia que você era o amor de minha vida, e eu lhe disse que nada nos podia separar. Ela me jurou que nós não iríamos nos casar.Quanto mais eu lhe dizia que não, quanto mais que ela me perseguia.Uma noite tive uma reunião, com vários de meus amigos da faculdade.Ela apareceu e começou a me paquerar.Com suas artimanhas e uma bebida que me deu, perdi o controle e não soube o que aconteceu depois dali, a única coisa que eu sei, é que, no outro dia, amanhecemos juntos, em um Hotel.

Em algumas poucas semanas, me anunciou que estava grávida e nós tínhamos que casar. Como um homem de honra, eu lhe propus o casamento e minha vida desde então entrou em colapso. Tão logo terminei o meu mestrado, regressei à San José, para trabalhar como diretor com a "Artek".Não quis deixar a Conchita, sozinha com a Patrícia na Espanha, assim as trouxe e as instalei em um apartamento em Los Angeles. Eu precisava ter controle sobre a vida de Conchita.

Como podia explicar-lhe o que aconteceu se nem eu podia me perdoar e muito menos você poderia me perdoar. Não vi outra saída.O que aconteceu, não tinha remédio, nem tão pouco tinha perdão.

Desde aquele dia terrível, minha vida tem sido só miséria. Eu estava envergonhado.Eu não tinha palavras para explicar-lhe, o que se sucedeu e por isso deixei de lhe escrever.Mas isso, não significou que deixei de lhe adorar.Pelo contrário.Desde aquele dia, a única que eu via nas noites e em meus sonhos, era você.Você é a dona de meu coração e sempre será. Você e ninguém mais.

Ronnie delicadamente pegou as minhas mãos entre as suas mãos e as aproximou de sua boca beijando-as ternamente repetidamente. Eu fui incapaz de retirá-las, pois senti o fogo de seus lábios acender toda a paixão, que o meu corpo poderia dar.Estremeci-me, profundamente e sussurrei...

-Ronnie!...

Minha mente corria de um lado para o outro, como louca, pensando no que devia fazer e como responder. Nunca esperei enfrentar esta situação, pois para mim,Ronnie, já tinha que morrer.O estava tratando de matar, de apagá-lo da minha mente.Ele estava casado, e eu já não o devia desejar.Mas agora, agora que? Não está casado!Oh Deus meu!Não está casado? Ainda me quer! Será possível? E agora, o que eu vou fazer? Mas quando olhei a sua não e vi outra vez, sua aliança... parei de pensar e duvidei de suas palavras.

-Ronnie, porque então ainda usa o anel de matrimônio, se é verdade a história que me disse?

-Sunita! Este não é o anel de meu matrimônio. Este é o anel que coloquei no dia de sua despedida na Espanha.Lembra? Esta é nossa aliança! Nossa promessa de amor!Nunca saiu de minha mão, nem sequer, quando eu estava casado. Sempre tem estado em minha mão, recordando-me de teu amor.

O que? Não podia ser! Eu já havia me esquecido de como brilhava sua aliança. Agora não tenho palavras para falar.O que estava acontecendo?

-Deixe-me ver Ronnie! Deixe-me lembrar! Com muito cuidado tirou a aliança de sua mão e me deu. Eu a examinei minuciosamente e vi o meu nome gravado no interior.Sim! Essa era verdadeiramente a aliança daquela noite de despedida... Olhando-a, com sentimento e muito amor, eu olhei em seus olhos e dei-lhe uma olhada de amor e de compreensão. Rapidamente eu me perdi em seus olhos da cor do mar...

- Sim Ronnie! Esta é!

- Sunita! Você pode me perdoar? Você acha que nós podemos começar onde paramos naquele dia tão maravilhoso e ao mesmo tempo tão doloroso de sua partida?

- Não sei Ronnie! Você não tem a ideia de como suas ações me fizeram sofrer. Não ter nenhuma explicação por todos estes anos. Nada! Eu imaginei que seu esquecimento era porque não me querias mais.Porque me havia esquecido. Atormentava-me que Patrícia com seus beijos tivesse roubado o seu coração.O que eu podia pensar!

- Eu compreendo-lhe Sunita! Eu peço-lhe que me perdoe, do fundo de meu coração. Não há ninguém mais nesta vida, que tenha sofrido mais do que eu nesta situação. Mas eu peço-lhe que me ajude a esquecer! Ajude-me a recuperar o seu amor! Dê-me outra oportunidade!

Seus olhos entrelaçados nos meus gritaram de amor. Minhas mãos entre as suas disseram que sim! Você é meu único amor! Nossos olhos diziam tudo. Pouco a pouco seus olhares e suas mãos entre as minhas, seu calor, seu fogo de paixão, quebrou lentamente o ferro e as correntes com que eu tinha coberto o meu coração.

- Sunita! Você é o meu amor e eu nunca mais lhe deixarei!

Beijou minha mão mil vezes e eu também beijei suas mãos milhares de vezes, mais.

Depois de comer, nós saímos à praia a caminhar. Com a lua nova e cheia de esplendor, como há alguns anos atrás em Madrid… Nós beijamos com paixão, nós beijamos mais e mais... como querendo entrar um no meio do outro, só que desta vez já ninguém poderia nos separar.

Desde aquele dia, Ronnie nunca deixou de me telefonar. Minha vida começou a ser alegre e pouco a pouco eu recuperei a confiança em nosso futuro e em nosso amor. A fim de demonstrar-lhe que as coisas haviam mudado entre nós dois, eu procurei a aliança que eu havia atirado meses atrás em uma gaveta e recoloquei-a em minha mão, como símbolo de nossa união.

Agora sim, nós dois estávamos comprometidos a uma vida de amor e felicidade.

Capítulo 14

Ronnie seguiu com seu trabalho em San José, com a Artek, e eu segui com a minha empresa em Irvine, mas os finais de semana eram nossos. Todos os finais de semana pegávamos Conchita e a levávamos a passear nos parques, nas montanhas e na neve.

Nosso lugar favorito para visitar era a praia e tínhamos uma em especial. Estava localizada à uma hora do meu escritório e a duas horas de San José, onde Ronnie vivia e trabalhava.

A área se chamava "Praia Hermosa". Sempre que íamos lá, alugávamos uma bicicleta para Conchita, pois lhe divertia muito pedalar por toda a extensão da praia. Depois lhe levávamos a sua sorveteria favorita e ela se enchia de sorvete até a cabeça.

Nós gostávamos muito de ir lá, pois o mar se mostrava azul e verde e a água era clara e havia muita atividade. A praia é bem branca e a areia é clara e límpida. Há caminhos especiais, todo ao longo da praia, para andar de bicicleta e caminhos especiais para andar e correr. Na extensão toda da praia se vêem casas modernas, muito caras, cheias de janelas e terraços , que olham em direção ao mar.Há restaurantes e cafés bonitos localizados sobre rochas , oferecendo vistas que não se pode imaginar.

Tínhamos um café favorito chamado "Café Marfil". Estava construído sobre uma rocha, que saía um pouquinho até o mar. Tinha um terraço, cheio de mesinhas, acolhedoramente decoradas com guarda-sóis, toalhinhas de mesa e velinhas em jarros de cristal. A vista dali era extraordinária.Víamos a todos os veleiros e barcos que passavam no horizonte.Os entardeceres tão inspiradores, nos faziam ver o mundo diferente.Por isso nos encantava passar as tarde ali.

Um dia... Caminhando e brincando com Conchita nesta praia encantadora, me ocorreu algo...

-Ronnie! Tenho uma ideia!Prá mim me encanta vir aqui sempre que posso e esta praia me faz sentir muito feliz. Porque não compramos uma destas casas de frente para o mar e a usamos como ponto de encontro!Assim, nós podemos nos encontrar aqui todos os fins de semana!

-Sunita você tirou a palavra da minha boca! Eu ia lhe propor o mesmo!

Claro que é uma ideia maravilhosa!Vou chamar um agente amigo que tenho, para que nos ajude a procurar uma aqui de frente para a areia.

-Que maravilhoso!Começamos agora mesmo a olhar. Vamos! Vamos olhar!

Sem pensar duas vezes, começamos a caminhar ao longo da praia estreita para pesquisar e sonhar. Depois de longo tempo e com muita caminhada, encontramos nesse dia a casa perfeita.

Situava-se em uma colina pequena, imponente desafiando o horizonte. Tinha três andares em forma retangular. Toda a frente da casa avistava o mar. Tinha janelas bem espessas, de cor verde em seu redor.

Não podíamos vê-la por dentro, mas Ronnie ligou imediatamente para um amigo seu corretor e marcamos um encontro para vê-la por dentro no dia seguinte.

Enamorei-me perdidamente pela casa, era como se ela tivesse sido construída para mim.

Quando voltamos no dia seguinte com o corretor e entramos, me senti imediatamente em casa. Da rua, o primeiro piso entrava na garagem para dois carros. A parede da frente da garagem era de barras de ferro separadas entre si suficientemente para observar a vista do mar. Do lado direito da entrada, havia uma escada, que descia até a praia. Também havia um elevador ali, o qual subia ao primeiro piso e ao terceiro andar a um terraço, o qual estava cheio de guarda-sóis e mesinhas e cadeiras para tomar sol e descansar.

Subimos no elevador e este nos levou a uma longa varanda acima da garagem. Saímos e na metade do corredor, estava a porta principal. Quando entramos vimos primeiro que toda a sala tinha janelas de lado a lado, de onde se podiam ver o mar e o seu horizonte.

Ao lado esquerdo da porta principal havia um banheiro pequeno de emergência. Ao lado direito e no final do corredor se encontrava um quarto de hóspedes com um grande armário e banheiro pessoal. Também a esquerda ocupando três quartos da sala estava à cozinha em forma de L com uma divisão de granito para comer. A direita estava a sala. Tudo em frente à entrada era uma grande janela para o mar.

Continuando um pouquinho para a direita no meio do hall estava uma escada caracol que levava ao segundo piso onde tinham os quartos. O quarto principal. Ele tinha uma janela verde de parede a parede com uma varanda sensacional. A vista era ainda mais bonita! Incrível!

O segundo quarto dava vista para a rua, também com um armário bonito e seu próprio banheiro. Este seria o quarto de Conchita.

A casa sim era muito cara. Eu tinha guardado bastante dinheiro, mas não foi suficiente para poder comprá-la, eu sozinha. Ronnie me viu tão entusiasmada com a casa que ele pôs a metade e eu pus a outra metade e prosseguiu para comprá-la naquele dia. Que alívio! Tão logo nos passaram a papelada da aprovação da venda, nos entregaram as chaves e eu me mudei para ali imediatamente

Eu deixei o apartamento no décimo andar de Irvine, que a empresa me havia alugado e fui para a Praia Hermosa. A empresa não estava muito satisfeita com este acerto, pois teria que viajar cada dia uma hora para chegar ao escritório em Irvine. Mas para mim isso não importou. Viver nesse paraíso de praia, era o mais importante para mim nesse momento.

Este tinha sido um passo bem grande para nossa união! Não podíamos esperar para decorá-la e decorar o quarto de Conchita. Estávamos felizes! As semanas seguintes foram inesquecíveis, tanto para Conchita como para nós. Era como se tivéssemos posto juntas as nossas vidas.

Um dia enquanto estávamos arrumando a casa, recebemos uma chamada na porta. Os vizinhos Marta Lucia e Roberto vieram nos dar as boas vindas; também trouxeram biscoitos de chocolate com nozes feito por Marta Lucia.

Encantou-nos conhecer o casal e nós agradecemos profundamente sua visita.

No final de semana seguinte quando fomos pegar Conchita na sua casa em Los Angeles, Patrícia saiu na porta enfurecida. Eu imagino que Conchita tinha contado da nossa casa na praia, de seu novo quarto e eu tenho a certeza de que Patrícia não gostou dessa ideia.

Eu não a tinha visto desde que nos formamos da aula de Inglês, há alguns anos atrás. Eu sabia que ia ser difícil para eu vê-la cara a cara, mas eu estava pronta para um dia enfrentá-la. Ela nunca saía para nos cumprimentar, quando pegávamos Conchita, mas hoje se via fora de controle.

Ela se exibia muito alta, com um cabelo curto e claro. Resplandecia muito raivosa como um touro tratando de atacar seu inimigo.

Que linda estava! Ela parecia esbelta e elegante, seu cabelo estava mais loiro do que eu lembrava, seus olhos azuis ressaltavam mais do que o usual e sua pele permanecia suave como um jasmim. Tinha uma forma de se vestir moderna com blue jeans apertados e colete de couro. Bela mulher.

Dava-me raiva reconhecer, mas senti inveja! Maldita mulher!

A vi caminhar até Ronnie com muita indignação. No momento, Ronnie foi para o carro pensando que algum mal tinha acontecido com Conchita.

O que acontece Patrícia?

Ela gritando respondeu:

-Ronnie!Eu já disse mil vezes que não quero ver esta mulher! Porque a traz aqui?

-Pare de gritar Patrícia!—disse Ronnie com uma voz forte.

Patrícia continuava enfurecida dizendo...

-Pois não me agrada que Conchita vá com esta mulher a outra casa e a outro lugar. O que! Você quer tirá-la da minha vida? Não permitirei que continue com essa relação ou eu vou tira-lhes os direitos de visitar a menina.

-Não Patrícia, você sabe que, que você tem o direito a Conchita, o mesmo que eu. Não vou tirá-la, mas quero que entendas bem, que nos não estamos casados e você não tem direitos sobre mim. Sunita é o amor de minha vida e você já sabe bem. Ela logo será minha esposa, assim que você se acostumar com a ideia. Trás a Conchita, por favor! Nós temos que ir!

Felizmente a tensão foi interrompida rapidamente quando Conchita apareceu correndo e gritando com seus bracinhos levantados...

--Papiiiii!

Saltou em seus braços e o beijou ternamente; depois veio correndo para mim para abraçar-me.

Eu estava com a porta do carro aberta e a ajudei-a sentar-se, em sua cadeirinha de segurança, enquanto lhe dizia:

-Vamos Conchita! Hoje temos muitas surpresas para ti.

Patrícia não estava contente de ver tudo isso, mas eu a ignorei.

Ronnie entrou no carro sem despedir-se de Patrícia. Nós a deixamos gritando...

-Tua esposa? Tu nunca vai se casar! Não deixarei que te cases com essa Sunita do diabo!Te juro pela vida da minha mãe que nunca chegará a ser seu esposo. Isso eu lhe prometo!

Suas palavras me atormentavam, pois me dava medo de que ela interferisse em nossa relação... parece que Ronnie notou, pois com grande pesar me assegurou:

-Sunita! Perdoa-me por esta experiência tão má, Patrícia não sabe se comportar! Eu ia ou vou te pedir em casamento esta noite formalmente, mas esta mulher me roubou a surpresa e acabei deixando pra lá o pedido de casamento sem querer. Assim esquece o que ouviu e se faz de surpresa esta noite. Sim temos reservas no Café Marfil às seis da tarde.Parece-te bem?

Sorrindo-me de seu erro embaraçoso, da surpresa e da **ilusão do amanhã**, fiquei muito feliz com a ideia.

-Claro meu amor! Amo-te Ronnie! Tu és muito especial!

Essa noite tivemos uma comida muito especial. Quando terminamos, Ronnie levantou da mesa e com um joelho no chão me propôs matrimônio. Os que estavam ao redor aplaudiram e nós dois nos consumimos em um abraço e um beijo em confirmação.

Começamos a fazer todos os preparativos para o casamento, a data havia se fixado para dentro de um mês.

Quando Ronnie regressou para Artek, a primeira coisa que ele fez foi chamar a minha família na Espanha para dar-lhes a notícia e para que arrumassem todos os papéis para virem ao casamento em Los Angeles.

Também chamei a minha Companhia de Telecomunicação e combinei para tirar um mês de férias, assim eu poderia me concentrar em todas as preparações.

Não imaginava que aquele mês, mudaria totalmente o rumo da minha vida, e me precipitaria em um mar de incertezas, acompanhada de muita dor.

Capítulo 15

Já se passou dois meses que eu estava de cama.

Acabamos de chegar do consultório do Dr. Ross com Marta Lucia. Os bebês estão crescendo muito bem. Disse-me que não teria que ficar de cama mais, contudo ainda tinha que ficar tranquila e sem esforçar-me muito.

Notei que cada vez que Marta Lucia me via, me perguntava com grande interesse a respeito de como estava fazendo com a minha escrita. Eu lhe respondia que bem, mas não prestei atenção, até que esse dia me disse:

-Sunita, não sei se você sabe que Roberto trabalha em uma Empresa de publicidade. Ele é um editor e publicador de livros. Eu mencionei a ele, que você estava colocando toda a sua alma escrevendo sua vida em um livro. Ele se interessou bastante e quer ler algo que você tenha escrito.

- Marta Lucia! Como você disse isso! Eu não sou uma escritora. Eu só estou escrevendo para mim. Como uma terapia, pois percebo que me acalma os nervos. Entende?

-Sim eu entendo Sunita! Para lhe dizer a verdade, eu fiquei bem impressionado o dia que li um pouco das suas anotações. Eu gostei do seu estilo e estou segura que você pode fazer algum dinheiro com isto. Olha! Eu sei que se o Roberto gostar do que está escrito, ele pode lançar o livro para ti, e quem sabe se de repente te converte em uma escritora famosa e, além disso, com sua experiência, você faz um bem para a humanidade.

-Ah, não sei Marta Lucia! Tenho escrito coisas tão pessoais. Não sei o que dirá! Além disso, quem se pode beneficiar com o que escrevo?

-Olha Sunita!Façamos um ensaio! Deixe-me levar algumas folhas para Roberto, para que ele as leia e me dê a sua opinião. Nada se perde em fazer isso, verdade? Mas que tal se ele gostar? Que tal se tudo sair bem e eles lancem o livro no mercado e façam um dinheirão. Eh? Que tal! Pensa!

-Ah, você é louca Marta Lucia!

Rimos com grandes gargalhadas. Reconheci que Marta Lucia talvez estivesse certa. O que ia acontecer?Nada se ia perder em deixá-lo ler umas poucas folhas.

-Ok Marta Lucia! Só por curiosidade! Leva-lhe umas folhas hoje, para ver o que ele diz! Nada perdemos em tentar!

Marta Lucia se apoderou da metade das folhas que havia escrito e as levou.

-Não se arrependerás!

No dia seguinte recebi uma ligação de Roberto. Ele estava entusiasmadíssimo com o que havia lido. Ele gostou da minha história e da minha maneira de expressão. Ele gostou tanto, que me fez uma proposta.

-Sunita! Por que não fazemos uma coisa! Continue escrevendo, mas desta vez com a mentalidade de terminar o livro. Eu te ajudo a editá-lo e a refiná-lo. Quando terminar, eu me encarregarei do resto. Eu vejo que isso vai nos trazer um êxito fenomenal! Imediatamente verás!

-Bom Roberto, se você diz que eu tenho potencial de escrever, vou tentar e eu vou continuar a escrever se você me ajudar com os detalhes.

-Claro, eu lhe ajudo com tudo. Que tal se eu lhe ver em uma semana, para revisar o que você tem escrito.

-Bom, lhe mandarei o escrito com Marta Lucia em uma semana. Muito obrigada por sua ajuda Roberto.

Que surpresa! Eu autora e escritora! Que maravilha!Que oportunidade!Espero que Roberto tenha razão!

Segui escrevendo sem cessar, sentada todos os dias em minha escrivaninha, que mirava para a janela de meu quarto. Dali me inspirava vendo o sol aparecer e esconder no horizonte todos os dias como beijando o mar. Via as ondas do mar banhando a areia na praia. Observava os entardeceres e a calma que traziam ao meu espírito. Recordava de Ronnie, seus beijos e suas carícias tratando de imaginar que ele estava ali comigo, compartilhando o nosso amor.

Determinada a ter sucesso, extrai toda essa energia e toda essa inspiração e segui escrevendo. Sim, tudo o que tinha dentro de mim, minha paixão e minha ilusão, minha tristeza e minha dor. Tudo! Tudo o que era eu; Sunita Franco.

Com meu coração espetado e sangrando brutalmente, escrevi tudo com a tinta de sangue e em papel de dor. Escrevi para sempre, para a eternidade.

Finalmente e depois de vários dias de trabalho terminei minha história! Fechei o livro com uma dedicatória para Ronnie, com as seguintes palavras:

"Dedicado ao meu querido Ronnie, o único amor da minha vida e que me tem dado inspiração". Sempre terás um lugar em minha alma e sempre estarás em meu coração.

Emocionada com o resultado, copiei o livro e o mandei para Roberto com Marta Lucia para que o revisasse e o editasse para produção e publicação. Eu me senti contente e realizada. Senti que havia terminado algo importante, algo que ajudaria as pessoas, algo que o mundo podia ler e possivelmente beneficiar-se de minhas experiências e aventuras. Ao mesmo tempo, eu havia tirado de minha alma, toda a dor e a alegria que eu tinha dentro e a havia gritado para o mundo e a Deus.Emocionalmente isso me fez sentir muito, mas muito melhor.

Roberto ficou assustado de todo o trabalho e esforço que eu fiz para terminá-lo. Apressadamente coloquei em andamento, todos os detalhes para editá-lo e rapidamente trazê-lo para a publicação.

Sem mais loucuras para escrever e sabendo que logo teria que regressar a trabalhar, decidi tirar mais tempo para mim. Saía todo dia com Marta Lucia, à praia, para caminhar, falar e rir.

Um dia Roberto me chamou entusiasmadíssimo:

- Sunita! Lorimar Estúdios acaba de chamar-me. Eles viram o seu livro e nos fizeram uma oferta de produção. Também querem comprar os direitos do texto para fazerem um filme, baseado em sua história.

-Que maravilha Roberto! Incrível! Que magia você usou para fazer isso?

-Você foi à pessoa com a magia, Sunita! Você escreveu muito bem e sua história os agradou muito.

-Como pode ser? Que felicidade!

-Isso não é tudo! Vamos negociar uma porcentagem do que se venda!O livro vai ser traduzido em vários idiomas, pois a publicação vai ser global!

Você também vai participar em diferentes livrarias na Califórnia para fazer-lhe a publicidade.

Logo receberás o itinerário. Não se preocupe com a gravidez, porque vamos fazer concessões especiais para suas apresentações.

-Roberto! Como posso agradecer isso, que você fez!

-Este é o meu trabalho Sunita!Não se preocupe que eu também vou fazer uma fortuna! Parabenizo-lhe de verdade, que tal se formos celebrar?

Estava tão comovida que algo positivo me pudesse acontecer, depois de tanta infelicidade e dor. Minhas lágrimas rolaram pelas minhas bochechas, sem podê-las pegar.

- Claro Roberto! Vamos celebrar!

Na noite seguinte fomos a um dos restaurantes mais caros da área e pedimos o melhor. A música estava suave. Todo mundo estava contente e nós estávamos felizes.Pedimos carne assada , com lagosta e batatas cozidas.Roberto pediu o melhor vinho da casa.Claro, eu não pude tomar nada, mas de vê-los felizes tomar e celebrar, me dava muito prazer.Nós tivemos uma noite maravilhosa.

Com a promessa de todas estas apresentações e toda a agitação do meu livro, decidi assumir um grande risco. Liguei para a minha empresa e me demiti.

Sim de agora em diante, seria a minha saúde primeiro e depois o meu trabalho. Eu sei que Roberto iria me ajudar.

A venda do meu livro foi um sucesso estrondoso! Embora eu já tivesse a minha barriga um pouco grande, podia ir a várias livrarias no distrito, que me designaram para fazer apresentações e assinar os livros, que muitos leitores já haviam comprado. Uma das livrarias era perto da minha casa. Eu gostei da idéia, pois me fez popular. Muitos vizinhos me reconheceram e me apoiaram e me trataram muito diferente desde aquele dia.

Com toda essa dor e ao mesmo tempo com o sucesso experimentado, sempre recordava as palavras de minha mãe: "a vida é o que acontece, enquanto constrói-se o futuro".

Capítulo 16

Cientificamente a única maneira de saber se eu estava esperando meninos ou meninas, seria por meio de fazer um ultra-som. Convidei Marta Lucia, para que me acompanhasse ao doutor Ross, para averiguar. Ao chegar, nos dirigimos a uma sala, rodeada de muito equipamento eletrônico. Me deitaram sobre a maca e me disseram que o doutor Ross e a enfermeira viriam logo para começar o ultra-som.

Enquanto esperava, me deu um forte desejo de comer chocolate. Eu não podia suportar. Marta Lucia me dizia que muitas pessoas acreditam que as ânsias são causadas pelo sexo do bebê. Se desejava comer chocolates, era porque ia ter meninas e se desejava comer limão, então seriam meninos.Nós rimos em gargalhadas.

Eu estava inquieta e nervosa, mas Marta Lucia me distraiu com suas histórias e as mil perguntas que me fazia.

-Sunita!Você sabe que nome você vai dar para os seus filhos?

-Sim! Estou pensando: se forem meninos se chamarão "José Joaquín e Pedro Eliseo." José por meu pai e Joaquim, que significa "Tem firmeza". Pedro me parece lindo, porque vem de um significado bíblico, que se refere a "pedra" e Eliseo era o nome de um dos meus tios, que o meu pai gostava muito.

-Que lindos nomes, e tem sua história!Estou impressionada com a sua profundidade de espírito. E se forem meninas?

-Eu vou chamá-las "Daniela e María Paula." Daniela é o feminino de Daniel, que em hebraico significa "Deus é meu juiz" e María Paula vem de María originalmente um nome egípcio que significa "amor" ou "amada" e Paula é o feminino de Pablo que significa "pequeno ou humilde" em latim. Parece-me lindo!"

-Sim! Que beleza!O tenho estudado minuciosamente. Verdade.Eu não tinha idéia!E você o que prefere ter?

-Contanto que estejam com boa saúde, não importa!Os quero igual!

Depois de uns minutos o Dr.Ross, entrou para examinar-me.

-Fico feliz em vê-la Sunita. Até agora todos os exames foram bons. Seu repouso e sua dedicação a sua saúde se vêem bem claros. Parabéns!

- Obrigada Dr.Ross! Sim, tenho me esforçado para fazer tudo o que me tem pedido. Estamos muito entusiasmadas de ouvir a notícia!

O Doutor começou a ultra-sonografia. Colocou-me uma coisa como uma cola azul para iniciar o teste e começou a deslizar como que uma barrinha no estômago, que comunicava as imagens ao monitor. Podíamos ver os gemeozinhos, ali abraçadinhos, tão lindos.Podíamos escutar também o palpitar de seus corações.Marta Lucia e eu choramos.

-Sunita! De verdade quer saber agora e não quer esperar até que nasçam?

- Não! Não! Diga-me Dr.Ross, queremos saber agora!

-Bom, você vai ter um par de FILHAS!

-Que maravilha! Obrigada Dr.Ross! Eu adoro que sejam meninas!

-Bom Sunita! Não se esqueça de matricular-se nas aulas de parto, que oferecem aqui na clínica.Elas logo vão começar.

-Sim Doutor! Já estou matriculada e Marta Lucia vai me ajudar.

Tão logo terminamos com a visita, Marta Lucia e eu saímos da clínica felizes com a notícia.Parecia que ela tinha razão com sua história de chocolate, pois sim apareceram meninas.Nós rimos da idéia e nós fomos comprar chocolate no mercado.

Depois nós fomos a uma loja infantil e compramos muita roupinha na cor rosa. Compramos dois bercinhos, com colchãozinhos travesseiros, tudo completinho. Pedimos uma cadeira de ninar e uma cômoda com um lado para trocar as meninas e o outro tinha gavetas para guardar a roupinha.Compramos quadrinhos e um papel com figuras de bebê, para forrar um lado da parede.

Quando chegamos em casa, começamos a arrumar o quarto das meninas.Pegamos o quarto, que fica na frente do meu no terceiro andar.O que tinha Conchita. Eu gosto dele porque ele tem um grande armário e bastante espaço interior para colocar todos os equipamentos que compramos.

Esta noite telefonei para a minha mãe na Espanha, para saber, quando era a viagem e para informar-lhe que eu ia ter duas filhas. Minha mãe estava tão feliz com a notícia, que se pôs a chorar. Também me contou que estava fazendo arrumações para vir me visitar e viria com Clarita.

Clarita estava muito entusiasmada de verme e conhecer suas sobrinhas, mas realmente, creio que estava mais encantada de vir para ver seu querido noivo Gustavo. Ela não acreditava em amor a longa distância, veio também para confirmar o seu futuro.Ou ela viria a Los Angeles para viver, o que seria impossível,porque todavia estava terminando Pediatria, ou Gustavo teria que ir viver ali em Madrid.Assim, a viagem iria confirmar o futuro dos dois, porque Clarita não queria continuar um noivado a longa distância.Dizia que isso era para sonhadores e ela vivia na realidade!Bom, combinamos que nos veríamos em uns poucos dias.

Como sinto falta do Ronnie e como o odeio ao mesmo tempo! Não merecemos este desprezo. Não merecemos a sua ausência nestes momentos tão especiais que não se repetirão na vida.

Também liguei para o Gustavo, para dizer-lhe que falei com a minha mãe...

-Gustavo?...Fale Sunita! Como está tudo por aí?

-Tudo está muito bem Sunita. Como está você?

- Tem sabido alguma coisa de Ronnie?

-Não! Não temos sabido nada!

Como lamento Sunita, por aqui tem sido o maior mistério que a empresa tem tido! Como sabes, já pararam de procurá-lo.

-Eu sei Gustavo, obrigada por todo o apoio que você tem me dado desde o princípio deste pesadelo.

Mudei de assunto rapidamente, pois não queria chorar e o amolei com o seu noivado com Clarita...

-Ah Gustavo! Será que ouviremos sinos de casamento, logo?

-Bom Sunita! Essa é toda a minha intenção! Vamos ver o que acontece quando Clarita vier.Eu estou muito entusiasmado.Sua irmã é uma mulher única e eu estou enamorado dela perdidamente.Eu admito.

-Parabéns Gustavo! Eu sim tive a idéia de que você havia se enamorado loucamente de Clarita, desde o primeiro dia que a viu no aeroporto! Sua fisionomia disse tudo, quando a olhou pela primeira vez! Eu notei! Você tinha o aspecto de perdido!

Gustavo riu em gargalhadas.

-Imagino que já saibas que minha mãe e Clarita virão em alguns dias para o nascimento de minhas gêmeas. Verdade?

-Gêmeas? Não tinha nenhuma idéia Sunita! Parabéns! Que alegre você deve estar! Imagino que

Clarita e sua mãe ficarão felizes com a notícia. Mas como você se sente?

-Já irá me ver em breve!Tenho uma barriguinha bem grande! De resto; tudo vai bem normal.

-Olha Sunita! Chame-me tão logo saiba a data da chegada e eu passarei para apanhar-lhe para ir pegá-las no aeroporto.O que lhe parece?

-Sim! Que boa idéia! Chamarei-te para dar-lhe o dia e a hora! Adeus!

Os dias se passaram e já não pude ir mais as estréias de meu livro, nas livrarias. Já estava muito pesada e as meninas não deixavam eu me concentrar.Havia muito movimento.Não sei se estavam lutando ou bailando na minha barriga, mas eu não me sentia bem e não tinha incentivo para trabalhar.

Quanto daria para que Ronnie me visse assim com esta barriguinha! Que tristeza!Quando irá terminar esse pesadelo?Bom! Se me ponho a pensar, eu fico louca e minhas crianças vão ficar doentes.

Passei quase todo o resto da gravidez arrumando tudo para a chegada das meninas. Também muito sensata fui às aulas de Lamase para o treinamento do parto.

Minha mãe pode arrumar sua viagem e o visto para voltar à Califórnia, e também tinha tudo arrumado para a sua estadia comigo.

Finalmente o dia tão desejado por Gustavo e eu chegou rapidamente.

Gustavo veio me pegar em casa como havíamos programado e fomos ao aeroporto.Gustavo estava feliz e satisfeito de ver Clarita outra vez.Se via que estava louco por ela.

Quando minha mãe me viu se comoveu muito de ver-me com tal barriga.Chorou de tanta emoção, pois também recordou o tempo quando me teve.Clarita estava emocionada de ser tia de dois.Beijos e abraços não paravam com seu adorado Gustavo.Eles eram bonitos.Faziam um lindo par.

Minha mãe me trouxe quantidades de roupinhas e coisinhas curiosas da Galeria Infantil de Madrid. O quartinho das meninas estava brilhando muito acolhedor. Pedi-lhe especialmente que trouxesse chocolates, pois me dava uns desejos tremendos de comê-los.

Os dois me ajudaram a preparar tudo. Marta Lucia pela primeira vez em vários meses descansou um pouquinho de minhas reclamações e lamentos que eu fazia todos os dias.

Os três e muitas vezes os quatro com Gustavo passavam uns dias inesquecíveis! Estavam muito orgulhosas de mim pelo êxito de meu livro, o qual devoraram, lendo em um par de dias.

Gustavo continuava a visitar Clarita e saíam com frequência. Ele já estava por terminar seus estudos para seguir a carreira de arquiteto e estava em um momento de fazer decisões grandes em sua vida.Eu estou segura que vão se casar.Se viam tão enamorados! De vê-los me dava alegria, mas ao mesmo tempo ficava triste, pois eu não podia ter o mesmo.

Um desses dias, quando todos estávamos caminhando pela praia, senti que um jato de água saiu de dentro de mim, disparado, sem que eu pudesse controlar.Eu assustei-me, mas minha mãe me acalmou.Fomos todos correndo para o hospital com grande aflição.

As dores do parto começaram a me atacar e eu comecei a gritar.

-Mãe! Sim, já estão aqui! Minhas filhas já vêm!

A lua estava cheia essa noite. Há histórias de crianças que nascem quando a lua está cheia e eu acredito que por isso que não havia lugar no Hospital. Um bebê atrás do outro nascia. Incrível! Todos nasciam, menos minhas filhas. Minhas filhas não queriam sair.

Continuei por onze horas em trabalho de parto. Que dor tão particular. É dor, mais...ao mesmo tempo não é dor.

É muito inconfortável e faz gritar. Ainda que tenha frequentado às aulas para nascimento, controlar as contrações ainda era muito difícil, mas a ansiedade de ver as carinhas das meninas que seriam tão divinas, não me deixava sucumbir à dor.Quando o momento chegou, o Dr.Ross, disse como que gritando...

-Empurre já! Sunita! Empurre! Yaaah.

Eu peguei todas as minhas forças e comecei a empurrar tão forte como pude até quando vi o corpinho de uma sair e em um instante, o corpinho da outra. Depois disso, não me recordo de nada mais.Minha mente ficou em branco, até quando despertei algumas horas mais tarde.

Sentia-me muito fraca. Não podia falar.Eu estava exausta, depois de respirar bem forte por onze horas.Pedi a minha mãe que me deixasse vê-las, pois não tinha ânimo para pegá-las.Minha mãe, as trouxe em seus braços chorando de alegria.

-Que lindas minhas meninas! Que lindas mamãe! –Gritei.

-Sim meu amor! Se parecem com você, quando nasceu! Olhe essa cabecinha tão peladinha que tem as duas.O narizinho tão pequenininho que elas têm é exatamente o teu meu amor.Elas têm muito de você.Decidiu como elas vão se chamar?

-Sim, mamãe!As quero chamar Daniela e María Paula Waddell Franco!

Havia me esquecido de contar a minha mãe o significado de cada um dos nomes; mas este não era o momento para dizer- lhe, pois não tinha nenhum ânimo ainda para falar. Vou deixar para outro dia, eu pensei. Minha mãe muito feliz e sem me pedir explicação respondeu...

-Assim será minha filhinha! A enfermeira vem aqui em alguns instantes para fazer o registro.Deixe-me arrumá-la um pouquinho para que quando venham, você esteja tão linda como suas filhinhas.

Capítulo 17

Já haviam se passado uns dois meses desde o nascimento de minhas gêmeas Daniela e María Paula. Depois de duas semanas minha mãe regressou à Espanha com minha irmã Clarita.Se foram muito tristes, pois o amor por essas meninas era imenso. Gustavo ficou muito triste sem Clarita, mas ele tinha uns meses mais na Universidade para graduar-se, e tinha que ficar uns meses mais aqui na Califórnia. Combinou com Clarita que ele iria viver em Madrid tão logo se graduasse e começaria uma vida nova, lá perto dela.Eu estava muito contente por eles.Sim, se via que se queriam bastante.

O cuidado com as meninas era bem cansativo.Marta Lucia continuava me ajudando com elas.Que alegria nos dão! Danielinha e María Paula são idênticas! Marta Lucia e eu estávamos tendo muita dificuldade em distingui-las. Decide colocar uma pulseirinha em cada uma com seus nomes e de cor diferente. Assim poderia distingui-las mais rapidamente.

As duas tinham o cabelo claro como o sol. Seus olhinhos são verdes como os do seu pai com um narizinho muito interessante.

Quando fomos para a praia todas juntas, às pessoas paravam encantadas para conhecê-las e faziam parar o carro duplo para admirá-las.

Sensacional! Elas são a luz da minha vida e o sol do meu caminho. Elas mudaram por completo o rumo da minha vida. Ainda tinha muita tristeza e vazio em meu coração, mas elas me ajudavam muito com os bons momentos que passávamos juntas. Brincávamos; ríamos;e quando choravam ao mesmo tempo me deixavam louca, mas louca de alegria de podê-las criar e mimar como minhas filhas de minha alma.

Um dia ao amanhecer quando todos nós dormíamos, um ruído como de um trem em movimento de cima para baixo, bem forte da terra me acordou imediatamente.Tudo saltava de um lado para o outro e o barulho das janelas e as coisas caindo na cozinha me aterrorizaram.

Fiquei parada perto da minha cama por um instante e fui correndo ao quarto das meninas com muita dificuldade pelo movimento tão forte do terremoto. As meninas acordaram e começaram a chorar como que pressentindo o perigo. Acendi a luz rapidamente. Corri para o berço e peguei as duas meninas uma em cada lado dos meus braços e me aninhei em uma mesinha que tinha ao lado da janela.

O movimento durou vários segundos, os quais me pareceram como séculos.De repente tudo parou e a terra silenciou. Nunca tinha experimentado um tremor, mas já tinha ouvido falar que a Califórnia era bem conhecida pelos seus movimentos terrestres.

No momento, as luzes se apagaram e ficamos às cegas. Meu coração palpitava há mil segundos por hora, eu não sabia o que fazer, estava imobilizada debaixo da mesinha e as meninas gritavam em voz alta. Tratei de acalmá-las mas quando uma começava a chorar a outra começava a chorar gritando alto.

Bem confusa quando eu pensava que tudo estava bem, estava me preparando para sair de baixo da mesinha quando... outra vez senti a terra mover-se e escutei um ruído tão assustador como de um trem tentando sair da terra.

Eu voltei para debaixo da mesa e agora eu queria gritar alto com as meninas pois desta vez o movimento da terra foi uma sacudida fortíssima de um lado para o outro. Os quadros que tinham no quarto das meninas caíram com o grande movimento.Ouvi um ruído espantoso, saí de meu quarto e um som de vidro rompendo-se a distância, creio que na cozinha...me paralisou de horror!O que caiu no meu quarto?Minhas mãos estavam tremendo e a choradeira das meninas me deixava mais nervosa.

Depois de uns segundos a terra se acalmou outra vez. Eu sentia muito medo de sair do meu esconderijo debaixo da mesa, assim eu fiquei ali por uns minutos mais.

Escutei sirenes...Um vizinho gritava...Uma viatura de polícia vinha gritando pelo alto falante para toda a vizinhança que nos saíssemos da casa imediatamente e fossemos para o ginásio de uma escola que ficava a umas quadras da casa em uma colina.

Agora que o medo me pegou! Que diabos está acontecendo? Tomei coragem e saí com as meninas debaixo da mesa e as coloquei no berço para poder preparar rapidamente a bolsa com as fraldas e roupas.

Tudo isso às cegas pois a luz ainda não tinha chegado.

Corri para meu quarto para trocar-me de roupa pois estava de pijama. Quando entrei...

Oh! Não! Meu quarto estava um desastre! Eu tinha uma cama espetacular de casal. De cada lado tinha uma cabine, como um cubo que chegava quase até o teto, eles estavam conectados de um lado ao outro com uma barra de madeira com luzes dentro. Atrás, tinha um espelho que cobria toda a cabeceira de ponta a ponta. Também a cabeceira da minha cama tinha uma gaveta longa, que se unia as torres que serviam de cabeceira.Esta gaveta longa tinha duas portas corrediças onde eu colocava meus Kleenex e livros para ler a noite.

Bom, quando entrei no quarto, tudo estava no chão. As cabines tinham caído do lado. A cabine da esquerda se via de frente e estava no chão. A cabine da direita fechava a entrada do quarto estava no meio e quase me bloqueou a entrada. Tudo o que eu tinha dentro das gavetas tinha saído e estava molhado no piso. O conector das torres que tinha as luzes caiu na cama sobre as almofadas, quebrando o espelho que tinha se partido em mil pedaços.

Vi partes grandes de espelho incrustados na colcha de plumas enterrados como pregos. Eu gelei de ver este estrago em minha cama,pois se minhas meninas ou eu estivéssemos ficado ali estaríamos mortas com certeza! Aterrorizante!

Como pude, eu entrei nesse trilha pisando em mil pedaços de espelho e coloquei a primeira roupa que encontrei.

Fui para o quarto das meninas que continuavam chorando. Eu coloquei uma de cada lado e as fraldas e corri para a porta. Saí para o elevador mas não tinha eletricidade, assim eu tive que pegar as escadas para chegar na garagem. Este foi outro desastre!.Todas as coisas que haviam nas prateleiras dos lados, tinham caído no chão. Quase não pude abrir a porta do carro, para sentar as meninas. Finalmente as coloquei no assento especial do carro . Depois tive que limpar dos lados do carro para poder sair. Mas assim sem eletricidade, me pus a abrir a porta com a mão. Estava pesadíssima! Maldita seja! Que mais pode me acontecer agora!

Amaldiçoava que Ronnie não estava comigo e que havia me deixado sozinha, passar por todas essas angústias.

Enquanto empurrava a porta, senti outro tremor pequeno, mas nesse momento, eu já estava pensando,"se eu tenho que morrer, que eu morra já" Caramba!

Quando voltei para a rua, vi a minha vizinha da direita, tinha o telhado de sua casa fumegando. Ah, que susto! Vi os bombeiros ali, com umas mangueiras longas, tratando de apagá-lo.

Eu dirigi com muito cuidado, pois as ruas estavam cheias de gente, locomovendo-se e dirigindo em pânico.

Depois de vários minutos, cheguei ao ginásio, onde todos os vizinhos estavam reunidos . O estacionamento estava lotado e eu fui guiada a estacionar bem longe.Abordei um dos policiais e disse-lhe que tinha duas filhas comigo e não podia estacionar tão longe.Finalmente, depois de muita gritaria, me deixaram parar perto do edifício, pelas meninas.Nunca imaginei que teria tanta dificuldade para acomodar-me e proteger as minhas duas filhas.Que experiência horrorosa! Eu não parava de maldizer!

Tirei as meninas do carro e as coloquei em um carro duplo com grande dificuldade, pois a choradeira delas me confundia os sentidos, para poder-me concentrar.Quando entramos no ginásio, tinham muitas caminhas ao redor da parede e em todas as partes.Havia uma mesa bem longa, na metade do ginásio cheia de biscoitinhos, frutas, café, leite, pãezinhos de todos os tipos,bolinhos, também a Cruz Vermelha estava ali.Quando me viram entrar, vieram me ajudar imediatamente.Não havia me dado conta, de que tinha um corte na frente, semelhante a três centímetros de comprimento e estava toda sangrando no rosto.

Realmente não sei que horas me cortei!

Sentaram-me em uma cadeira e começaram a tratar-me, enquanto outros vizinhos brincavam com as meninas sentadas no carro, as quais finalmente haviam se acalmado um pouquinho.

Olhava de lado a lado por Marta Lucia e Roberto, mas não os via.Eu estava preocupada.

Depois que me colocaram um curativo no corte e me arrumaram, me deram uma maca com travesseiros e cobertores em um canto do ginásio para que eu descansasse. Eu sentei na cama que me atribuíram e comecei a falar com as pessoas ao meu redor, para me inteirar de porque estávamos ali.

-Como você se chama? Perguntei a pessoa na cama perto de mim.

-Me chamo Rosita. E você? Que terremoto tão assustador, não?

-Sim, eu estava no interior, quando tudo começou a tremer, eu sabia que estávamos com problemas sérios.Eu tinha acabado de comprar um aquário médio, no dia anterior e não havia concluído o processo de firmá-lo no suporte de mesa.Pois, tudo caiu no chão e se rompeu em mil pedaços.Os peixinhos que eu havia comprado, estavam pulando como loucos no chão.Não consegui salvar todos.Meu filhinho de dez anos, chorava, chorava tanto de tristeza de vê-los morrer.Está inconsolável! Não sei o que vou fazer com ele.

-Que tristeza Rosita de ouvir você dizer isto.Este é o meu primeiro terremoto na vida, pois eu nasci na Espanha e nunca temos terremoto lá, que eu saiba.Odeio, tudo isto!

-Sim. Eu nasci aqui e tenho sobrevivido muitos, mas ninguém se acostuma a estes movimentos da terra.O de hoje tem sido o pior que eu tenho vivido.

-Ei! Você sabe por que a polícia estava evacuando as pessoas e nos fez vir aqui?

-Ah, é porque o terremoto foi tão forte que agora estão esperando um Tsunami. Eles estão especulando que o mar pode vir a comer a praia e pode até mesmo inserir as casas.Por isso, eles tiveram que evacuar. Ah meu Deus, minha casa é uma dessas perto do mar.

Eu moro ali mesmo perto do mar.Vou procurar alguém que tenha um rádio para ver o que dizem as notícias.

Um Tsunami? Por favor, que mais pode me acontecer?Já não é o suficiente ter a terra tremendo e mais ainda isto? Não podia imaginar. Não sei o que fazer!

Esperava ver a Marta Lucia e Roberto prontos para me darem mas notícias. Espero que não lhes tenha acontecido nada. Deus meu!

Deixei a frauda sobre a cama. Me levantei e corri até a cama das meninas e fomos andar ao redor das camas para ver se podíamos encontrar alguém que tivesse um rádio. Enquanto estávamos procurando eu vi ao longe, Roberto. Finalmente o encontrei.

-Roberto! Roberto!

Ele escutou meus gritos e veio correndo em nossa direção.Dando-me um abraço e examinando as meninas...

-Sunita! Temos lhe procurado! Você está bem?

Não imaginas o susto que eu tenho passado com este tremor. Nunca tinha passado por um acontecimento semelhante tão espantoso! Mas graças a Deus estamos bem.

-Como está Marta Lucia e tua casa?

-Perdemos bastante vidro na sala e na cozinha. A televisão que tínhamos na cômoda da casa caiu no chão no momento que Marta Lucia ia saindo e caiu encima da perna. Estávamos no hospital e só agora retornamos aqui.

-Não me diga! Onde está ela?

-Vem... nos temos uma salinha especial que eu encontrei, pois todas as macas estão sendo usadas.

Caminhamos assim por dentro da escola fora do ginásio até uma salinha de espera onde se encontrava Marta Lucia. Estava recostada em um sofá com a perna toda cortada pois quando o televisor caiu encima dela, tinha feito um corte muito grande.

-Marta Lucia! Quanto eu sinto! Como você se sente?

-Imagine Sunita. O susto foi espantoso! Por hora não dói, pois me deram anestesia, para dar-me os pontos. Mas por enquanto não posso caminhar.Assim se tivermos outro terremoto e este edifício cair, não posso correr. Que problema!

-Não digas isso Marta Lucia! Segundo me disseram os tremores vão continuar mas cada vez menos. Assim você não precisará correr.

Estes edifícios foram feitos para aguentar muito mais. Não fiques negativa. Nós todos estamos reunidos e nos ajudaremos mutuamente.

- Como estão as meninas?

- Imagine como elas ficaram assustadas. Gritavam muito alto e me deixaram mais nervosas. Especialmente quando se apagou a luz e nos ficamos as cegas, foi o pior momento. Lhe prometo que de agora em diante eu terei uma mala perto das meninas com tudo o que se necessita para esses casos, uma lanterna, água, leite em pó, etc. Vou me equipar para que isto não aconteça outra vez.

-Sim Sunita, estar preparada para estes terremotos é muito importante aqui na Califórnia. Você não sabe quando vai acontecer.

- Me dá medo voltar para casa e encontrar mais desastres do que vi ao sair.No meu quarto a mobília dos lados está no chão e o espelho com a conexão dos dois móveis, caiu sobre os meus travesseiros.

-Não me digas Sunita! Que horror! Podia ter te matado!

-Sim! Porque achas que eu estava tão nervosa!

-Em minha casa perdemos todos os cristais que trouxemos da Venezuela. Todas as porcelanas que trouxe da Colômbia que tinha na janela caíram no chão e tudo está cheio de vidros por todas as partes.Quando saímos eu vi todos no chão quebrado. Que tristeza! Isto me deixou muito nervosa, sinto vontade de gritar.

-Não! Não Marta Lucia, não se sintas assim. Provavelmente, você precisa comer um pouco. Quer que eu te traga um cafezinho com pãozinho?

-Sim, Sunita! Não tomamos o desjejum, e o meu estômago está fazendo mil ruídos. Obrigada!

Deixei as meninas com ela, pois parecia que a ajudava a esquecer o momento.Peguei umas bandejas e peguei o café da manhã na mesa, para todos.

Roberto havia trazido um rádio e escutamos que havíamos tido um tsunami, mas foi muito suave e não conseguiu atingir nenhuma das casas a beira mar.Nos sentimos muito aliviados com a notícia, mas ainda não podíamos regressar para as nossas casas, pois tínhamos que deixar que o mar baixasse um pouco mais.

Passaram algumas horas e finalmente nos deixaram voltar para os nossos lares. Sendo que a casa de Marta Lucia estava cheia de vidros, pelas porcelanas e os jarros de cristal que tinham na sala, decidimos que eu trazia Marta Lucia a casa e Roberto iria limpar todo esse desastre que tinha na sala.Roberto trouxe uma cadeira de rodas para transportar Marta Lucia e nós fomos para a casa.

Quando chegamos em casa, eu ainda podia sentir o cheiro de queimado da casa de minha vizinha, mas parecia que tudo já estava sob controle.A porta da minha garagem estava aberta, mas com o pequeno riacho, preferi estacionar na entrada.

Quando entramos a minha sala não estava tão mal. Eu não tinha porcelanas, nem cristais que quebrassem, pelas meninas, assim isto estava bem.A única coisa que tive que arrumar foi a cozinha, um pouquinho de pratos no piso.

Acomodei Marta Lucia em um quarto de hóspedes, no mesmo piso da sala e da cozinha e enquanto ela brincava com as meninas, eu coloquei ordem no meu quarto e no das meninas.

Finalmente tudo voltou a normalidade.

A lição que aprendi com este evento foi a de sempre estar preparada para emergências.Ter preparado um plano de saída.Ter uma maletinha pronta e cheia de coisas para catástrofes, como lanternas, baterias, água, coisas de comer, luvas e principalmente um rádio.

Meu plano de saída e meu equipamento de resgate seriam os mais importantes em minha casa de agora em diante.

Capítulo 18

Como sinto falta de ter Ronnie em casa!Cada vez que acontece algo traumático ou eu tenho que tomar decisões muito grandes, o amaldiçôo mil vezes.Não está aqui para ajudar-me! Bendito!Onde ele andará senhor!Enquanto eu estou aqui matando-me e fazendo o impossível para viver feliz, Ele estará fazendo quem sabe o que e muito contente.UGH!

Um dia, Roberto me arrumou um encontro, em uma das livrarias maiores de São Francisco, para promover o livro e dar autógrafos.

Para atrair quantidades de pessoas para este evento, Roberto me arrumou várias entrevistas, com vários programas famosos de televisão, rádio e anunciou nos jornais mais comercializados, o livro e minha agenda para este dia.

A viagem de minha casa em Praia Hermosa, até São Francisco levava de sete a oito horas de carro, assim decidi deixar as meninas com Marta Lucia, durante o dia, prometendo-a que as iria buscá-las à noite.

Os dias passaram rapidamente e a manhã chegou, para ir a famosa livraria em São Francisco.Saí bem cedo de casa e cheguei lá por volta das 12:00 horas. Meu horário seria das 13:00 às 16:00 horas.

A livraria era muito grande e bonita.Tinha uma galeria de três pisos delicadamente organizada de lado a lado e me deu gosto, ver o anúncio de minha visita, com grandes cartazes, mostrando a capa do livro.Me deu arrepio!

Fui muito bem recebida, e logo me atribuíram uma escrivaninha belíssima na entrada.Quando alguém entrava, a primeira coisa que via era minha grande escrivaninha decorada com os meu livros e cartazes.A apresentação e a qualidade do evento eram de primeira classe.

Muito orgulhosa me senti e para minha surpresa, alguns passos adiante, vi um cordão, com várias pessoas atrás esperando para conhecer-me para que eu lhes assinasse o livro.

A escrivaninha estava adornada com rosas vermelhas e com um vaso chinês espetacular. De um lado algumas cópias do meu livro, do outro lado, um cartaz fenomenal anunciando o que foi escrito.

Quando chegou a hora, removeram o cordão e eu comecei a cumprimentar e assinar os livros. Sempre que me davam um livro, os perguntava pelo nome e depois de uma curta dedicatória os assinava.

Já havia passado uma hora, e eu seguia muito feliz, porque já havia pegado o ritmo do trabalho.

De um momento para o outro senti a essência de uma colônia muito familiar. Não muito doce, mas limpa e refrescante.Me perturbou um pouco, mas não lhe dei muita importância e segui com meus olhos fixos no livro, que haviam me dado.

-Qual é o seu nome? Perguntei.

Não escutei uma resposta.

De repente uma mão grande e viril colocou-se encima da escrivaninha, encima do livro e na frente de meus olhos me deu um arrepio, pois essa mão me parecia também, muito familiar. Será possível?

Lentamente subi o olhar com medo.Segui subindo meus olhos pouco a pouco. Olhei seus braços, olhei sua camisa... até que bem lentamente cheguei a ver seu rosto.

De um momento para o outro e sem controle, dei um salto enlouquecedor! Como se houvesse visto um morto em ressurreição. Dei um grito, mas minha voz não saiu! Estava espantada! Só tive forças para dar um sussurro rouco...Rooonie...?

Parada fora da cadeira, tentei correr dali rapidamente.Ronnie se assustou com a minha reação e agarrou rapidamente e fortemente o meu braço e não me deixou sair.Suavemente me devolveu a minha cadeira, sem tirar sua mão de meu braço.Enquanto tratava de safar-me, notei que ainda levava nossa aliança em sua mão.

-O que você faz aqui? Solte-me! Deixe-me sair! Não te quero ver! Te odeio!

Sussurrei suavemente, pois tinha milhares de pessoas na fila, olhando e escutando cada palavra que eu dizia.

Eu queria gritar bem alto.Queria dar-lhe alguns tapas e queria fazê-lo sofrer.Maldito!Mas tinha tanta gente olhando... Não queria fazer um escândalo e prejudicar o meu nome e o da livraria.Devia reter as minha emoções por enquanto.Devia controlar-me.Controle...controle por favor Deus meu...

-Perdoe-me se lhe assustei Sunita.Fique por favor! Quero lhe falar!

-Falar? Depois de quase dois anos de silêncio! Agora quer falar? Não! Não lhe quero ouvir!Vá já!

Eu estava a ponto de desmaiar.Minhas mãos estavam frias pela surpresa.Meu rosto estava vermelho por enquanto.Queria chorar.Queria gritar-lhe com todas as forças de minha alma, que ele era um canalha.Um covarde!Minhas pernas tremiam.Eu senti que a minha vida, estava se desmoronando em um instante.

Minhas mãos estavam tremendo. Era da emoção de vê-lo? Ou era da raiva por tudo que ele havia me feito sofrer? Ou talvez fosse da covardia do momento! Não sabia o que fazer, nem como reagir.Tirando sua mão de meu braço com força, lhe falei em voz muito baixa...

-Vá embora! Vá embora! Não lhe quero ver mais aqui! Olhe que tenho todas estas pessoas atrás de você para atender! Que hora ruim achou para aparecer!

-Sim entendo! Já me dei conta que este não é o melhor momento, Sunita!Esperarei na livraria até que termine de assinar.

Dizendo estas palavras se retirou rapidamente e desapareceu entre as pessoas. Tratei de continuar com meu trabalho, mas minhas mãos tremiam como uma folha no meio do mar.

Desculpei-me com a multidão e me dirigi ao escritório privado à livraria, onde tinham um salão de descanso para os empregados.Sentei-me em um sofá com o meu coração na mão! Não podia acreditar! Esse imbecil estava aqui e se atreveu a vir me encontrar assim, na frente de todas as pessoas.Por que não me disparou um tiro e me matou , ali de uma vez!Isso teria sido melhor!Bem hoje, que foi o dia mais fabuloso, que eu tive com os meus leitores e ele teve o sangue-frio de interromper-me.

Comecei a chorar desesperada! O que eu vou fazer!O maldito vai me esperar! Que desculpa me vai dar agora?

Eu não sei o que quero lhe dizer! Quero matar-lhe!Ainda chorando e tremendo, rapidamente telefonei para Marta Lucia para que me ajudasse e me aconselhasse no que fazer! Chorava em prantos e meu corpo tremia enquanto ligava...

-Marta Lucia! Você não imagina o que acabou de acontecer!

-Ah, o que aconteceu? Você viu um acidente?

Porque choras? Acalme-se! Diga-me o que se passou!

Estava chorando em prantos e não conseguia me acalmar para explicar à Marta Lucia o que estava acontecendo. Vi uma garrafa de água sobre uma mesinha e corri desesperadamente para tomar um pouco e acalmar minha garganta desse nó tão horrível, que eu tinha e que não me deixava falar.

-Não! Não! Eu não tive um acidente. Eu estava assinando livros aqui na livraria, quando de repente, de um momento para o outro, Ronnie apareceu para que eu assinasse um livro! Imagine você, a calma dele de aparecer assim? Aqui no meio do meu trabalho? No meio de toda a gente? Depois de quase dois anos? Ele finalmente se lembrou de mim? Maldito! Estou tão furiosa, que não sei o que fazer!

-Não me diga Sunita! Onde ele está agora? Está na sua frente?

-Não! Não! Eu tentei ir e deixá-lo lá, mas ele me agarrou pelo braço e não me deixou! Eu fiquei furiosa!

Ele me disse que queria falar e que ia me esperar até que eu terminasse de assinar!

-Acalme-se Sunita! Você está fora de controle, por favor! Acalma-se!...Respire fundo!...Anda! Toma um ar e respira! Acalme-se! Tão nervosa você não vai poder solucionar nada!

-Sim! Eu ainda estou tremendo! Já estou respirando suave! Smmm! Obrigada Marta Lucia! É que me afetou tanto esse encontro! Maldito! Porque aqui na frente de todos! Porque tinha que ser hoje! Se você visse a quantidade de gente que tinha e que estava me esperando! Eu não podia continuar trabalhando assim?

Senti que a voz de Marta Lucia estava firme e enérgica...

- Olha Sunita!...! Quero que me faças um favor!

Faça-o não por mim, mas pelas suas meninas! Você tem que dar-lhe uma oportunidade! Você tem que escutá-lo! Você me entende? Você não pode deixá-lo ir sem saber o que aconteceu e porque ele agiu dessa maneira! Você tem que saber com certeza porque ele nunca voltou a te procurar! Você sabe que ele passou por uns momentos muito difíceis com Conchita e Patrícia! Quem sabe o que terá acontecido com o coitado e tu o esta julgando assim tão mal.Você tem que entender! Você tem que dar-lhe uma oportunidade! Me entende?

-Não! Não tenho forças para escutá-lo! Me pegou desprevenida e eu não estou preparada emocionalmente para um encontro assim! Não no meio do meu trabalho! Tenho medo do que ele vai me dizer! O que eu posso pensar depois de tudo o que aconteceu?

-Sunita!...Se deixá-lo ir embora ou melhor se ele nunca voltar! Nunca saberá o que ele passou! Pense nas consequências se não o escutar! Ele nunca saberá das suas meninas e elas cresceram sem um pai que merecem conhecer! Dê-lhes essa oportunidade e faça isso por elas! Sunita por favor! Pense no que vai fazer! Como você vai se sentir se Ronnie desaparecer para sempre e você nunca souber da verdade? Como você vai se sentir?

Poderá viver assim? Sem saber o que aconteceu? Sempre adivinhando? Isto não é justo nem para você nem para as meninas!

-Eu não sei...

-Escuta os meus conselhos amiga! Diga ao gerente da livraria que não se sente bem para continuar trabalhando e que ele providencie outra data para outro dia! Sai e procure por ele na livraria e diga-lhe que vai escutá-lo!

-Oh Deus! Isto é fácil para você dizer! Eu não sei se posso fazer!

-Sim! Sim você pode fazer! Não venha sem resposta! Não se preocupe com as meninas. Elas comeram e estão dormindo aqui muito bem.Se tiver que passar a noite, Passe! Não venhas aqui sem resposta! Não o deixes ir! Faça isso pelo amor de Deus e da tuas meninas! Não sei o que mais lhe posso implorar!

-OK! OK! Obrigada Marta Lucia por sua ajuda! Não sei o que eu teria feito sem você! Vou falar com o gerente e tratar de fazer o que você me disse.

-Bom! É assim querida! Chame-me se precisar! Estarei rezando por você, Sunita! Confie no seu coração!

Tão logo terminei com a Marta Lucia, comecei a pedir a Deus forças para poder enfrentá-lo.

Esperei uns minutos tentando me acalmar no salão da livraria. Embora Marta Lucia quisesse que eu o atendesse imediatamente, eu senti que não podia deixar todos os meus fãs aguardando pela assinatura do livro. Além disso eu precisava de um tempinho mais para preparar-me emocionalmente para o encontro. Pensei, se quer falar comigo, pois terá que esperar-me. Não ia deixar meu trabalho imediatamente, somente porque hoje deu-lhe vontade de falar comigo.

Depois de eu ter descansado por um tempo, eu sai para minha escrivaninha e segui assinando por três horas mais, até as quatro da tarde como tinha sido publicado nos jornais, no rádio e na televisão para toda a Nação.

Apesar do meu sorriso ter saído do meu rosto, pelo menos eu estava ali cumprindo o meu dever. Enterrei minha cabeça nos livros que eu assinava para que ninguém notasse meus nervos e minha ansiedade.

Quando acabei, consegui sair um pouco da livraria para procurar o Ronnie.Tinha o meu coração pulando, fora de controle. O avistei a distância. O vi sentado em um dos bancos ao lado da entrada principal. Via-se que ele estava esperando-me por três horas pacientemente.

Eu cheguei muito lentamente Nossos olhos se encontraram. Não disse uma palavra. Notei que o sentimento de sempre estava ali enterrado na minha alma. Seu olhar me estremeceu. Seu corpo me seguia dominado com uma paixão tão divina e louca. Descobri que o tempo não tinha apagado nada dentro do meu coração, mas na superfície ele tinha muita vingança, rancor, raiva e dor.

Assim que ele me viu levantou de um pulo. Notei que ele estava muito alegre de ver-me... .

-Obrigada por vir Sunita!

Me olhou com uma cara de cordeiro querendo me conquistar. Hum...

-Não tenho muito tempo! Tenho que voltar a Los Angeles! O que você quer dizer-me Ronnie!

Eu respondi como se não me interessasse o que ele ia me contar.

-Caminhe comigo até a cafeteria da frente e lhe explicarei Sunita!

-Caminhamos juntos até o café. Seus olhos não se despregavam de mim e senti suas mãos suavemente empurrar os meus braços para atravessar a rua e chegar no café. O tempo que caminhamos me pareceu um eternidade. Com sua mão em meus braços, eu me sentia fraca.Meus sentimentos estavam muito confusos.

Qual seria sua desculpa dessa vez? Que coisa tão terrível que tinha acontecido para ele não telefonar-me durante todo este tempo? Saberia algo das meninas e por isso agora voltava? Seria que ele as queria levar? Ai Deus meu! Que outra coisa podia ser! Esperava que não fosse assim.

Capítulo 19

Sentamos-nos perto da janela em um restaurante pequeno e acolhedor que ficava em frente da livraria.

Sem deixar de olhar-me todo esse tempo e já me sentindo bem incomodada, rompi o silêncio do momento num tom muito depreciativo e disse:

- Bom!... Sou toda ouvidos! O que aconteceu? Que explicação tem por não ter me telefonado por todo esse tempo?

-Sunita! Eu sei que o que aconteceu não tem perdão e deve ter imaginado mil coisas más de mim, quando na realidade nada do que terá pensado é verdade. Se tem alguém que tem sofrido e se sentindo miserável por esses dois anos sem memória, esse alguém tem sido eu.

Não lhe respondi nem uma palavra, pois estava tão indignada de sua atitude e comportamento todos estes anos. Com meus olhos lhe dei um sinal, como que dizendo:

Ok!...Continue me contando! Hummm...!

Pus a minha mão em minha boca, para poder morder os dedos e não começar a gritar... o deixei falar...

-Sunita! Começarei por contar-lhe o que se passou naquele dia tão terrível do acidente no aeroporto de Chicago.Quando cheguei lá, havia ainda muita confusão, pelo acidente.Pessoas angustiadas corriam como loucas por todas as partes.Vi uma saída na pista aberta e sem guardas.Aproveitei a oportunidade e saí rapidamente para a pista e corri para o lugar do acidente.

Ainda havia um monte de fumaça e o piso estava quente pela explosão. Eu gritava por Patrícia e Conchita, desesperadamente pelos matagais e entre os escombros. Eu corri para uma linha de cadáveres , que tinham em camas baixas cobertas com savanas.Comecei a levantar cada uma, com um horror imaginável.Vi cadáveres atrás de cadáveres com a angústia de que um deles fosse minha Conchita, mas não a encontrei.Continuei procurando.Haviam pedaços de corpos revolvidos com entulho e metal do avião.Ali só sentia o odor da morte e destruição.

Segui chamando por minha Conchita e gritando por Patrícia. De repente pisei no que me parecia ser um pedaço da boneca que você deu a Conchita, Pepi, lembra-se? Estremeci-me de pensar que essa era sua boneca e o neguei em minha mente.Segui procurando, passei um pouco mais os escombros, vi pedaços do avião, por todas as partes misturados com pedaços da boneca.Gritei horrorizado! Conchitaaaa!Peguei um bracinho da boneca, tirado dos escombros e continuei lhes chamando.

Ronnie enquanto contava tão trágica história, tirou do bolso o pedacinho do braço da boneca.O colocou sobre a mesa, e chorando o acariciou com grande dor.

Imediatamente saltei de meu assento estremecida completamente de horror! O que? Ele havia voltado louco? Como podia ter essa recordação tão horrível e mórbida em seu bolso? Não lhe queria ofender, mas me deu vontade de pegar essa coisa e atirá-la bem longe, mas me controlei.

-Ronnie! Você não deve levar esta recordação tão terrível contigo!Isto é enlouquecedor! Como pode levar este bracinho com você todo o tempo.

Ronnie não me contestou. Graças a Deus, pôs o bracinho da boneca de volta em seu bolso e seguiu falando...

-Parecia que já haviam pegado a maioria dos corpos, pois não as encontrava. Parei e perguntei a um oficial aonde os haviam levado. Ele me dirigiu ao lugar onde eles estavam preparando as pequenas camas, para trazer familiares para os cadáveres confirmados. Segui buscando com loucura e desespero até que encontrei a Patrícia, estava completamente machucada, pálida e com muitos hematomas no rosto. Há uns poucos passos dela, encontrei Conchita.Patrícia estava em uma condição muito má, mas não como Conchita.A ela lhe faltavam partes de seu corpinho.Quando a vi, perdi os sentidos.Isto era muito grande para eu suportar.As pernas se desfizeram e eu cai no chão, sem consciência.

Quando acordei no Hospital, não lembrei quem eu era, o que eu havia passado. Perdi totalmente a minha memória. Por meio de minha identificação, o Hospital chamou a minha mãe e ela fez arranjos imediatos, para transportar-me para uma clínica de repouso para tratamento e recuperação. Quando minha mãe chegou para pegar-me, disseram-me que eu não a reconheci. Fiquei sabendo mais tarde, que neste mesmo dia de mudança, ela havia morrido de um ataque do coração. O acidente da menina e além do mais meu trauma e perda da minha mente, ela não os pode suportar.

Ronnie começou a chorar como um menino. Pegou-me de surpresa, pois nunca o havia visto tão frágil e abatido.Nunca o havia visto chorar.Doeu-me tanto, que eu também comecei a chorar.Coloquei minha mão no seu ombro e o consolei dizendo.

-Que coisa tão horrível você disse Ronnie! Tem devidamente sido muito difícil para ela confrontar sozinha a situação. Secando as lágrimas com meu lenço, continuei dizendo:

-Agora!...Olha! Descansa um pouquinho e toma um pouco de café!

Esperou uns minutos, enquanto descansou um pouquinho e seguiu com sua narrativa:

-Estive todo um ano em recuperação e terapia na Clínica de Salvador. O tempo soube como fazê-lo muito bem. Minha mente tem se recuperado lentamente e já quase estou recuperado por completo.

Graças à fortuna que minha mãe me deixou, tenho podido dedicar-me a minha recuperação.Eu pensei que a minha esposa e filha tinham morrido em um acidente e estava tratando de refazer a minha vida.A única resposta que eu não havia podido responder era o nome de Sunita, que tinha marcado dentro de minha aliança.Busquei e rebusquei respostas, mas não podia lembrar-me do significado da aliança.

Esta semana, enquanto olhava a televisão, no Show das Onze, anunciaram seu romance e depois mencionaram o seu nome."Sunita Franco".Estremeci-me! Meu coração saltou de emoção...Depois lhe vi na tela, algo em minha mente me alertou.Seu rosto me parecia tão familiar.Estava tão bela e doce, tão bonita e sedutora.Tão profissional.Sunita Franco? Sunita! Eu amo a Sunita!Esse é o nome que eu levo em meu anel.Quem é Sunita? Sim! Eu conheço esse rosto, comecei a gritar.Eu conheço a Sunita.Sunita é minha!Sunita é o amor de minha vida, seguia gritando sem cessar!Minha mente começou meio a recordar. Tinha que lhe encontrar para confirmar!Não pude dormir por toda a noite. Esforçava-me por recordar, mas não podia.De manhã cedo, eu saí para procurar o seu livro, para ver se podia encontrar respostas e confirmar o meu pressentimento.

Quando o li, senti que parte de minha vida havia voltado ao meu corpo. Tinha algo teu em minhas mãos.Devorei cada página como um faminto encontrando comida e como um homem embriagado deliciando-se no vinho. Eu senti que se tratava de uma carta para mim. Eu pensei que através deste livro o destino me estava dando uma oportunidade para lembrar. Relembrei partes de minha vida e momentos do nosso amor. **Cada palavra que eu lia, era como uma flecha que despertava a minha mente, e ao mesmo tempo, cada palavra que eu lia era como uma faca que rasgava o meu coração.**Tinha que encontrar-lhe Sunita! Tinha que lhe ver e hoje era a única oportunidade! Tinha que estar seguro que era você e explicar-lhe o que verdadeiramente havia acontecido. Eu não sabia como você ia reagir. Só com você frente a frente, teria que me escutar.

Ontem escutei pelo rádio, que hoje você ia estar aqui em São Francisco, fazendo uma apresentação.Eu tomei o primeiro vôo que encontrei, por isso estou aqui, hoje.Confrontando o passado, cuidando do presente e confirmando o nosso futuro.Assim, diga-me Sunita, agora que tens escutado a verdade, diga-me se há para mim outra oportunidade.

Ronnie parou de falar.Olhou-me ternamente nos olhos, como me perguntando, agora me diga o fim.

Quase todo o tempo em que Ronnie falava, minhas lágrimas rolavam pela minha bochecha como cascatas fluindo de um cano. Que narrativa tão comovente e tão incrível.Que dor tão tremenda.O que eu poderia dizer agora? Eu nunca pensei que algo assim pudesse acontecer a um ser humano e muito menos a ele.Que imbecil que eu fui! Que egoísta! Só pensei em minha dor!Mas quem ia pensar que ele havia perdido a sua memória?

Não entendo.Parece que o destino nos tem pregado uma peça e nos tem dado xeque e como vamos sair disto? Não sei.Tinha que pensar e para pensar necessitava de tempo.Isto tem sido como um balde de água gelada que não me deixa pensar.Uma grande jogada de xadrez!

Secando as lágrimas e sentindo culpa no meu coração por haver lhe duvidado tanto, o olhei sinceramente para mostrar-lhe o meu coração.

-Ronnie! Não tenho palavras para expressar como me sinto triste pelo que você tem passado. Nosso encontro tem sido instantâneo e tão inesperado e agora sua história me tem rasgado o coração. Decidir o correto, neste momento, para mim é muito difícil, pois o choque emocional que tenho tido tem sido brutal! Reconheço que cada dia que passava sem que você me telefonasse, minha desconfiança e rancor cresceram contra você, e até poucos momentos cheguei a lhe odiar. Você pode entender que tenho feridas muito grandes, que de um momento para o outro não as posso curar. Eu adoraria ter um remédio e dizer que tudo está bem e que podemos começar uma vida normal.Mas infelizmente isso não é assim.

Peguei sua mão suavemente, como símbolo de perdão e apertando-a um pouquinho, continuei:

-Ronnie! Agora tenho que regressar a Los Angeles!

-Não Sunita! Qual é o anseio! Fique esta noite, descansa e amanhã você pode regressar! Eu estou hospedado em um hotel aqui perto, você pode ficar em outro quarto! Você deve estar muito cansada e a viagem de oito horas vai ser muito longa e perigosa. Agora é tarde.Fique por favor.

-Não! Tenho que pensar! Além disso, tenho que voltar para casa! Já é tarde! Não posso ficar!

Fiquei muito nervosa, pois não acreditava que este era o momento para decidir porque tinha que regressar. Não. Este não era o momento. As gêmeas estavam com Marta Lucia e não as podia deixar.Além disso, eu não coloquei nada no livro das filhas, assim ele não devia saber nada delas.

Eu sei que Marta Lucia me disse que cuidaria delas, se eu tivesse que passar a noite, mas preciso pensar. Não quero ficar. Não. Não é o momento.Parei suavemente para despedir-me.Na minha mente queria correr e deixar de pensar.Necessitava tempo para digerir tremenda informação que havia recebido.Eu entendia que isto iria mudar o rumo de minha vida e tinha que assumir o controle.

Com sua voz suave e terna, Ronnie se despediu.

-Sunita. Que bom confirmar minha história e que bom que pude te encontrar. Parabenizo-lhe pelo êxito de seu livro, e lhe agradeço o ter dedicado a mim.Não tinha nem idéia que você podia escrever tão lindo como o fez.

-Eu tampouco sabia que podia escrever assim. Você foi a minha inspiração.Na realidade você foi à mão que escreveu.

-Eu te amo Sunita! Nunca se esqueça.

Não respondi ao seu "Te amo", pois não estava pronta.

Trocamos números de telefone. Nos demos um beijo terno na bochecha e combinamos de nos ligar.

Quando entrei no meu carro, me sentia perdida, mas ao mesmo tempo, me sentia perturbada, furiosa, feliz, tinha um nó na garganta e queria estar só para pensar.

Assim comecei minha viagem de volta para a casa...

Capítulo 20

Como pessoa bem teimosa que eu era, não o escutei quando falou para que eu ficasse.Dirigi oito horas de São Francisco a Los Angeles sem parar.Queria tempo para pensar e refletir.

Não podia acreditar no que eu havia passado.E o que havia ocorrido a ele! Que barbaridade! Que horror!E a pobre Conchita. Eu também teria enlouquecido de ver minha filha assim. Que horror! E levar o bracinho da boneca todo o tempo em seu bolso...Que loucura é essa? Que coisa tão assustadora foi olhar esse pedacinho da boneca! Quase me matou!Quase me fez vomitar! Que brutalidade de encontro!Pobre Patrícia, ainda que a odiasse , ela não merecia morrer assim!

Finalmente cheguei a minha casa, às duas e meia da manhã.Já era muito tarde, para pegar as meninas da casa de Marta Lucia, assim segui direto para a casa.

O vazio de não ter minhas filhas em casa, se acumulou com todo o sucedido durante o dia. Francamente não pude dormir.

Bem cedo, fui à casa de Marta Lucia pegar as minhas filhas adoráveis e contar-lhes toda a história do dia anterior.

-Obrigada Marta Lucia por sua ajuda com as meninas! Você acredita que elas me estranharam?

-Nah! Que é mulher! Elas nem notaram que não estavas aqui!

-Ah! Que cruel você é mulher!

Marta Lucia riu em gargalhadas.

-Bom Sunita! Claro que lhe estranharam! O que está pensando? Mas... Agora estão dormindo, assim, não me as acorde!

-Ouch! Eu morro para vê-las!

-Não! Ainda não! Melhor contar-me o que se passou! Tenho rezado por você por horas para que tudo saia bem! Me conta! Eu estou morrendo para saber, o que aconteceu com Ronnie?

-Marta Lucia! Você não imagina o que ele tem sofrido com esta tremenda colisão! Você estava correta ao dizer-me que não me mortificasse tanto e que o escutasse. Ronnie tinha uma razão muito grande para não ligar.

-Que razão era esta Sunita?

-Já verás! Quando ele chegou ao aeroporto, depois que destroçou o avião,ele teve a oportunidade de ir ao mesmo lugar, aonde o avião caiu.Ele as procurou como louco até que as encontrou.Primeiro encontrou Patrícia morta no chão, bem maltratada, e parcialmente queimada.Depois encontrou pedaços da boneca que lhe dei no aeroporto.Ele pegou um de seus bracinhos e colocou no bolso.Você imagina o que fez, quando estava me contando dela? Ele tirou do bolso o bracinho e colou sobre a mesa.Disse que desde esse dia, o bracinho estava sempre com ele.Isso me horrorizou! Você imagina a loucura?

Marta Lucia me escutava com uma emoção imensa.

-Ah! Não Sunita! Que loucura fazer isso! Como pode levar esse horror consigo todos os dias.Tem que ajudar-lhe a desfazer-se disso.Assim,ele não pode se recuperar.

-Muito difícil Marta Lucia! Você deveria ter visto como chorava como um menino, quando o tirou! Quase desmaiou de dor! Mas o pior foi quando viu a Conchita em pedaços e misturada com partes do avião;Ronnie enlouqueceu e perdeu o sentido.Quando despertou no Hospital, não sabia quem era Ele e porque estava ali. Ele foi levado a uma clínica de repouso para recuperação, onde viveu vários meses. Os médicos disseram que sua mente se perdeu como uma proteção contra a dor.

-No final, souberam por que o avião caiu?

Pelo que temos ouvido, o tempo estava muito ruim e havia muita neblina. Não parece que foi erro mecânico, porém erro humano.Você imagina? Isso eles ainda estão estudando.

-Terrível! O que aconteceu com sua mãe! Porque ela não te ligou e explicou o que estava acontecendo!

-Ela estava muito fraca com o acidente de Conchita. Quando soube o que estava acontecendo com seu filho não pode aguentar e morreu de um ataque do coração.

-Não me digas! Que horror! Pobre homem!

-Sim Marta Lucia! Desde então tem estado em tratamento! Aparentemente sua mãe deixou-lhe uma fortuna e tem dedicado toda para a sua recuperação!Tem vindo recuperando sua memória pouco a pouco.

-E como foi que te encontrou?

-Esta é a melhor parte! Ele pensou que estava casado com Patrícia e que agora estava viúvo. A única coisa que o perturbava era o anel que tinha. Ele lia dentro dele o nome Sunita. Sabia que tinha algo mais em sua vida e estava tentando se lembrar.

Há alguns dias atrás me viu pela televisão mostrando meus livros no Show das Onze. Te recordas? Pois quando ele escutou minha voz e me viu...tentou me reconhecer e sentiu que eu tinha algo a ver com ele. Você imagina? Procurou meu livro e começou a devorar cada palavra. Toda a história da nossa vida que escrevi, o ajudou a recordar nossa existência e nosso amor.Algumas horas mais tarde escutou pelo rádio da minha apresentação na livraria de São Francisco.Imediatamente e com muito medo de voar, comprou a passagem de avião e veio para São Francisco para a livraria.

-Como ele estava? Como se via?

-Quase não o reconheço!Está muito magro e pálido! Se notava o sofrimento em seu rosto! Sua maneira de falar era triste e insegura!

-Ai Sunita! Eu te avisei!Veja que me tens feito chorar! Que história tão incrível! E agora! Ele virá em breve? Você contou das meninas?

-Não! Não quis dizer-lhe nada ainda! Eu achei que isto era muito para ele. Ele ainda está em terapia.Tem que ficar em Chicago por mais umas semanas para terminar as sessões de terapia que ainda faltam. Assim eu tenho uns dias para recuperar-me e pensar como dizer-lhe das meninas. Não estou segura como ele vai reagir. A morte de Conchita o transtornou imensamente. Especialmente ao tê-la visto assim, foi um erro. Antes de mencioná-las tenho que estar segura do seu estado emocional. Não achas Marta Lucia?

-Bom querida. Eu penso que sim. Tem que ter cuidado com a introdução. Primeiro tens que estar segura de que ele esteja pelo menos noventa por cento melhor para que possa assimilar a situação.

-Você lhe disse algo de sua empresa e do seu cargo de responsabilidade?

-Não. Não me atrevi a dizer-lhe nada.

-E então se reconciliaram?

-Não é que nos reconciliamos e nos beijamos e tudo ficou esquecido! Não! Minhas feridas têm que cicatrizar primeiro antes de aceitá-lo outra vez. Eu estava tão atordoada e tão triste de ouvir sua história, que eu queria sair correndo dali rapidamente e isso foi o que eu fiz.

Pensando em meu futuro perguntei a Marta Lucia

-Ei Marta Lucia! Agora estou pensando! Você acha que também preciso assistir a umas sessões de terapia?

-Olhe Sim! Eu acho que esta é uma idéia magnífica Sunita. Você tem sofrido muito com sua ausência e sem saber de sua vida. Agora ele aparece como um horror e com notícias espantosas. Eu estou segura que uma terapia seria maravilhoso!

-Ai! Não sei o que fazer!

-À noite não pude dormir e hoje tenho uma dor de cabeça enorme!

-Sunita! Eu sei que você está bem cansada! Vá para sua casa dormir que eu levo as meninas mais tarde e vamos ver qual a melhor maneira de prosseguir. Anda vai. Eu irei quando as meninas despertarem.

-Sim Marta Lucia tem razão. Os olhos me doem bastante e eu sei que é por falta de dormir. Nos vemos mais tarde.

Regressei para casa e dormi por horas. Quando despertei, me senti fresca e com mais ânimo.

Conclui que esta situação era muito dura para levá-la sozinha. A ideia de uma terapia me chamava bastante à atenção. Comecei a procurar por um catálogo para ver quem se encontrava perto de casa para começar umas sessões. Consegui um terapeuta bem perto de casa chamado Manolo Roberts.

Liguei-lhe e marquei uma entrevista para o dia seguinte.

Uma das coisas que eu mais gostei quando encontrei este Doutor é que ficava bem perto de minha casa, que eu podia caminhar até lá e isso por si só já era um milagre, pois aqui na Califórnia se tem que dirigir para todas as partes porque a cidade é bem esparsa.

Eu estava morrendo de excitação para começar a minha terapia, pois não podia dormir pensando em todos os meus problemas. No dia seguinte caminhei até seu consultório.Era localizado perto de um parque de recreação muito bonito. Seu consultório era no segundo andar lindamente decorado. Quando entrei vi muitos quadros monumentais, quase de parede a parede. A sala de espera também tinha palmeiras em cada lado da recepção e uma grande janela visualizava o parque.

-Por favor, estou aqui para ver o Doutor Roberts.

-Ah, sim. Você é a Sunita Franco?

-Sim, o Doutor a atenderá em uns momentos.Por favor sente-se que já a chamaremos.

Prossegui para sentar-me em um sofá de couro, longo e bem cômodo. Me pus a pensar como ia iniciar minha história com o Doutor. Eu nunca tinha assistido a uma sessão de terapia.

-Sunita Franco? Venha para cá que o Doutor está esperando.

-Obrigada.

Quando entrei no seu consultório me surpreendi de ver um Doutor tão jovem, bom não tão jovem, mas sim da minha idade creio eu. Muito agradável e entusiasmado. Seu consultório estava organizado muito claramente, o mesmo que sua presença. Sua atitude estava relaxada e sua presença era muito amistosa a qual me ajudou a relaxar.

-Muito gosto em conhecê-la Sunita... Por favor sente-se e diga-me como lhe posso ajudar hoje.

-Bom... Doutor Roberts, realmente eu não sei como começar. Eu acredito que necessito sua ajuda profissional pois esta carga que eu estou carregando em minha mente e no meu coração está sendo muito pesada para mim sozinha, eu já nem mesmo posso dormir. Necessito que me guie por este labirinto tão insuportável que nem eu mesma posso entender e muito menos navegá-lo.

-Claro, para isso que estou aqui.

-Você se lembra quando há dois anos um acidente aéreo aconteceu em Chicago?

-Ah, sim. O avião, que caiu ao tentar aterrizar em uma neblina terrível e desgraçadamente todos morreram com o choque do avião. Porque me pergunta?

-Bom é que o meu caso tem muito a ver com esse caso.

Eu prossegui a contar toda a história do ocorrido, desde que o conheci, o compromisso, o trágico acidente de avião, até ontem o dia do nosso encontro.

Depois de uma hora inteira contando minha história eu perguntei...

-Ainda temos tempo?

-Não Sunita. Infelizmente o seu tempo acabou, mas podemos continuar amanhã. Por enquanto quero que faça exercícios mentais para que a ajudem a dormir esta noite.

Quero que quando começar a pensar coisas negativas feche os olhos e pense no mar.

- No mar?

-Sim Pense no horizonte e trate de empurrar com sua mente o problema bem longe. Quero que ponha mentalmente esse assunto ou o problema que não a deixa dormir em um saco e o empurre bem longe na direção do horizonte, quero que imagine o saco voando bem longe. Empurre-o e olhe ele ir-se pouco a pouco sobre o mar bem longe de você. Quando ele estiver bem pequenino no horizonte abra os olhos e pense em algo agradável e permaneça ali... Entendeu o exercício?

-Sim Doutor. Eu praticarei esta noite para ver como fico. Muito obrigada e nos veremos amanhã.

-Saí encantada do consultório! Senti que esse homem ia me ajudar a enfrentar os meus problemas com mais sabedoria e mais certeza do que sozinha no escuro e com cegueira. Eu fui pegar as minhas meninas que estavam com Marta Lucia. Isto me fazia feliz.

Capítulo 21

Ronnie me ligava dia e noite desde o dia que nos encontramos em São Francisco. Suas ligações me ajudavam muito a estabilizar minha mente, e eu sei que as ajudavam intensamente a ele também. Contou-me que tinha ligado para a companhia Artek para explicar o ocorrido. Disse-me que não trabalharia mais ali, mas que lhe tinham dado muito dinheiro da seguradora e isso seria suficiente para viver por um longo tempo. Alegrei-me que a Artek o tratou com dignidade e respeito.

Eu lhe contei que havia encontrado um terapeuta, o qual estava me ajudando com os sentimentos que me atormentavam a todo o momento. Ele achou uma ideia maravilhosa, pois ele acreditava completamente que a terapia o tinha ajudado tremendamente a recordar o passado e a sobreviver estes anos de incerteza e dor. Eu lhe contei que não podia esperar para ver o Doutor Roberts no dia seguinte para continuar com a minha terapia.

Senti Ronnie muito preocupado e ansioso. Sua voz estava muito triste, mas eu não perguntei nada, pois não queria que me desse pensamentos negativos que nem eu mesma podia controlar. Assim rapidamente nos despedimos Eu precisava conseguir mais controle emocional e espiritual para poder pensar em ajudar-lhe e me sentir muito bem e já o estou fazendo por meio desta terapia profissional.

O dia seguinte chegou rapidamente e me encontrei sentada, esta vez em um sofá de couro muito confortável no consultório do Doutor Roberts. Ontem eu estava muito nervosa e não reparei muito no que me rodeava. Hoje me sentia mais confortável. Olhei para o consultório estava muito bem arrumado; tinha uma música muito suave e uma fontezinha sobre uma mesinha ao lado do móvel, havia um murmúrio de água que deixava o ambiente relaxante e calmo. Exatamente o que eu necessitava.

-Sunita. Como foi com a prática do exercício, que eu lhe dei ontem?

-Muito bem Doutor. A princípio me custou muito trabalho, colocar o problema em uma bolsa mentalmente, mas finalmente me concentrei o máximo e o pude imaginar. Agora, quando o problema vem na minha cabeça, minha mente rapidamente imagina o mar, logo me vejo colocando o problema na bolsa, fechando-a e atirando-a ao vento. Imagino a bolsa voando até o horizonte.A vejo afastar-se e afastar-se de mim rapidamente, até que não a vejo mais.Imediatamente! Enquanto faço este exercício, esqueço o problema e não o penso mais. Que exercício maravilhoso Doutor! Eu adorei! É algo que minha mente e eu mesma posso controlar. O resultado foi que pude dormir.

-Eu adorei Sunita, que tenha conseguido mestria no exercício. Sim, eu sei que isto não é fácil de executar. Parabéns! Um passo bem dado de dedicação e o desejo de melhorar. Outros pacientes se dão por vencidos quando vêem o difícil que é, e nunca chegam a dominar o exercício, como resultado, nunca enfrentam o problema e o abandonam. Isso significa que não haverá melhoria do paciente.Seus resultados me deixam contente... Sunita.

-Muito obrigada. Bom, Doutor Roberts, eu estava contando ontem da vida de Ronnie.Como lhe disse, saber dele e do seu passado é muito importante para que me dê um diagnóstico de como tratar a situação presente.Ronnie é uma pessoa muito nervosa. A razão é porque ele cresceu com um pai tirânico e insano, eu digo.

Quando Ronnie era muito pequeno, ele viu muitas vezes, como o pai batia na mãe e Ronnie não podia sobreviver a estas cenas. Dizia-me que cada vez, que o seu pai estava batendo em sua mãe e ouvia os gritos dela, Ronnie entrava em um armário com suas mãozinhas no ouvido e começava a cantar uma canção ou a murmurar em voz alta, ou dizer, blá blá blá por horas, para não escutar-lhes mais.Ele cresceu vendo este mal tratamento a sua mãe sem poder fazer nada, pois não sabia como confrontar esse monstro de pai.

Como lhe parece, essa crueldade de homem, fazendo isto para seu filho?

Ronnie o detestava. Muitas vezes pensou em matá-lo, mas sua avó que era muito sábia, lhe pacificou várias vezes e o fez desistir da idéia. Você pode imaginar o trauma, que cresceu o pobre Ronnie?

-Sim, claro Sunita. Isto é horrível, especialmente para um jovenzinho em plena formação.

-Bom Doutor, mas isto não é tudo. Parecia que seu pai gostava de fazê-lo sofrer. Ele o maltratava toda vez que havia uma oportunidade. Por exemplo, no Natal, ele perguntava o que ele gostaria de receber de presente.Sim, Ronnie dizia que desejaria uns sapatos para o colégio, ele o respondia que sim, para o Natal teria os seus sapatos, "os melhores que encontrasse" – dizia-quando na realidade a única coisa que queria era ver sua cara de tristeza, quando esse dia de Natal vinha tão vazio, como o homem que ele era. Nenhum sapato, não nada, mas apenas uma risada de escárnio e gargalhadas de vê-lo tão decepcionado e o dizia... Pensou que na realidade, eu ia lhe comprar sapatos? Rsrsrsrs e seguia com o seu sorriso, enquanto Ronnie chorando, não podia compreender o seu pecado, o porquê de seu pai lhe tratar assim.

Com o passar dos anos, Ronnie aprendeu a não receber mais decepções desse homem tão dramático. Depois de receber esses golpes, ano após ano.Ele aprendeu a defender-se.Para não sofrer mais decepções no Natal, começava a economizar dinheiro durante o ano; assim comprava o seu próprio presente.O embrulhava em papel de presente e o colocava debaixo da árvore de Natal para abri-lo este dia.Outro ano, ao invés de comprar algo, colocou o dinheiro em um envelope, mas infelizmente o pai o pegou e gastou.Dali por diante, a tradição morreu e não a realizou mais.

Também tinha que cozinhar desde bem pequeno, pois a mãe trabalhava em um Hospital, toda a noite. Quando ela chegava na parte da manhã para dormir, Ronnie se levantava e preparava o seu próprio café da manhã, arrumava a sua lancheira e ia ao colégio caminhando, dez quadras de sua casa... sozinho.

Às vezes não havia comida em casa, assim ele ficava sem comer todo o dia. Quando regressava do colégio, a tarde, a mãe estava dormindo, então tinha que fazer a comida para todos.Dizia que a única coisa que sabia fazer bem, eram os sanduíches, abrir os frascos de feijão e fazer picadinho de fruta.Se o pai chegasse em casa as cinco da tarde e não houvesse comida, e a casa não estivesse limpa, lhe dava uma surra, pois dizia que era um preguiçoso e não fazia o trabalho de casa.

O Doutor não podia acreditar...

-Sunita. Por que ele não falou ao seu professor, ou ao pastor da igreja e explicou o que estava se passando?

-Ele chegava ao colégio, muitas vezes todo machucado das palmadas que o pai lhe dava. Um dia, ele contou ao professor, o que ele estava passando, mas o professor não acreditou em nada. Lhe disse que isso era impossível, e que ele havia inventado tudo, ou que talvez, ele merecesse as palmadas, por não ser obediente.Que professor tão irracional!

Também comentou ao pastor da igreja, mas ele não acreditou, nem investigou o caso. Disse que era impossível que Víctor fosse esse tipo de homem. Víctor era muito ativo na Igreja. Cantava no coro, ainda que não fosse muito bom e lhe adiantava dinheiro que não tinha, para que todos o admirassem.Convencia à todos. Incrível!

Ronnie pensava que todos os pais eram assim e tinha que acomodar-se e acostumar-se com a situação. Assim, não disse nada a ninguém, nunca mais.

Louco! Seu pai estava louco! De ouvir-lhe contar todas estas histórias, eu também comecei a odiar.

O único amor, que Ronnie recebia, era da sua avó, mas Víctor a detestava e não a deixava vir a casa dele, para que o consolasse. Um dia a avó, pode vir, quando Víctor não estava em casa , no dia de "Graças" e lhe trouxe um peru cozido, Ronnie e sua mãe não podiam resistir para comê-lo na ceia,mas quando chegou Víctor do trabalho e viu o peru, em vez de agradecer o detalhe da avó, o pegou com muita raiva e o atirou no lixo, sabendo que a avó o havia trazido. E, além disso, deu uma surra nos dois, por haver lhe recebido em casa.

"A mim me parece, que ele tinha um problema mental" Eu não posso conceber que haja seres humanos como ele vivendo aqui nesta terra de Deus, maltratando os seus filhos, assim, a menos que tenham uma enfermidade mental.

-E o que dizia a mãe dele? Ela sabia dos sofrimentos que ele estava tendo? Perguntou o doutor Roberts, com grande incredulidade...

-A mãe sempre defendia Vítor, dizendo que estes eram efeitos da guerra, pois Ele foi ao Vietnam por um tempo, e que tinha que perdoá-lo, pois apesar de tudo ELE era o seu pai.

Incrível, ela sempre estava do lado de Víctor, em vez de lutar por seu filho. Ronnie lhe suplicava o que desejava e foram viver com a avó e várias vezes, ela o deixou, mas depois de uns dias, ela voltava como cachorro com o rabo entre as pernas. Ronnie dizia, que era como se ela quisesse que ele a maltratasse e abusasse dela toda a hora, quando lhe desse seu capricho.

Que vida tão miserável!

Um dia, a avó decidiu dar a sua filha, a sua herança, enquanto ela vivia, para vê-la desfrutar, antes de morrer. Era o mês de dezembro e queria que sua filha tivesse um bom Natal. A herança consistia em dinheiro suficiente para comprar presentes, roupa e comida que tanto necessitavam e teria de sobrar para os contratempos de todo o ano. Ronnie pensou que no fim teriam dinheiro suficiente para comprar comida e não sentir tanta fome.

No domingo seguinte na Igreja, o pastor pediu publicamente por contribuições, pois o teto da igreja tinha que ser renovado. Imediatamente

Víctor se levantou e ofereceu todo o dinheiro que a avó havia dado a sua esposa, para arrumarem o teto. Nem sequer pediu permissão a esposa para usar esse dinheiro.O que sua mãe e Ronnie puderam fazer, foi ficar com a boca aberta, quando lhe ouviram oferecer a única coisa que tinham para sobreviver.Não precisa nem dizer, que o Natal desse ano, foi como sempre horrível e triste.

Já crescido e depois de aguentar muitas injustiças e ver a sua mãe agredida,Ronnie lhe ameaçou, disse que se ELE batesse em sua mãe uma vez mais, teria que se ver com ELE, mas em vez de receber um bofetão na cara como de costume, esta vez Ronnie foi posto fora de sua casa, para viver na rua.

Sem pensar duas vezes e com grande alegria se refugiou na casa de sua avó. Com ela aprendeu o significado de amor, paz, felicidade e jurou viver com as mais altas normas da vida, fazendo todo o oposto de seu pai.

Com os anos, Ronnie tratou muitas vezes de chamá-lo e tratou de ajudá-lo, mas Vítor não somente zombava de seus triunfos, mas terminava pendurando o telefone no meio da conversa.

- Onde está Vítor agora? Perguntou o Doutor mostrando muita curiosidade.

-Parece que ele teve uma vida muito só e triste. Não tinha amigos e aparentemente ninguém o queria, por sua maneira tão rude e áspera de tratar as pessoas. Morreu de várias complicações no coração, mas não sem primeiro cortar Ronnie de sua herança.Lhe acusou de ser um mau filho e o abandonou.

-Que injustiça, não é verdade?

-Sim, assim é a vida! Esse atropelo de verdade!

Graças a sua avó, toda esta vida tão dura que viveu, o converteu em um homem muito compreensivo, sensível, entende as pessoas e tem muita paciência, é um homem muito doce e não pode compreender o abuso ao ser humano. Lembro-me que depois de ouvir suas estórias tão incríveis , uma vez atrás da outra, me cansei um dia de escutar-lhe e lhe disse que não falávamos mais desses tempos tão feios, pois já estavam começando a afetar-me emocionalmente. Disse-lhe que de tanto viver esse passado, não ia desejar viver um bom futuro e que agora os dois como adultos e sem a interferência de Vítor, podíamos começar a fazer nossas belas memórias, as quais apagariam por completo os maus do passado. A tendência era continuar a falar sobre ELE e recordar esses tempos tão ruins, mas se controlava, e tratava de não inventar.

Eu tenho que ter cuidado com suas tendências, pois entendo que por tudo que tem ocorrido no passado, ele tende a olhar o negativo primeiro e o positivo bem no final, como olhando primeiro para o copo metade vazio, em vez de ver o copo meio cheio.

Bom Doutor... esta é a história da infância de Ronnie.Agora, mais ou menos o conhece e compreende e sabe quais são suas fraquezas e fortalezas...verdade?

-Sim! Verdadeiramente Sunita, estou bem impressionado de saber que há pessoas assim neste mundo. Sim, estou seguro de que Víctor estava mal emocionalmente e provavelmente permanecia em uma clínica mental.Mas já é tarde demais para corrigir alguma coisa.Graças a Deus, por sua avó e seu discernimento e sabedoria que foi capaz de trocar o rumo da vida de Ronnie...Bom Sunita, já acabou o tempo, se não acabou...continuaremos amanhã na mesma hora.

-Obrigada Doutor. Não imagina o bem que sinto de contar-lhe esta história tão particular e tão dolorosa que aperta o meu coração. Até amanhã.

Saí do consultório tão contente, pois agora que o Doutor sabia a história de Ronnie agora sim, poderia me ajudar dar-me orientação e mostrar-me a melhor maneira de introduzir-lhes as meninas. Esperava que também me ajudasse a curar as feridas tão profundas que tinha em minha alma e minha mente, me era difícil perdoar este último evento e me dava medo não saber tomar a decisão certa, para poder abertamente dar o amor que Ronnie merecia.

No dia seguinte, continuei contando-lhe a minha história...

Capítulo 22

Vivendo dia a dia com a ilusão do amanhã.

Comentei com o Doutor Roberts que toda a ilusão dos anos passados para mim era de ver o Ronnie, mas agora que o havia encontrado, toda a minha ilusão era de trazer justiça para um homem tão sofrido e maravilhoso e dar-lhe a felicidade que ele merecia.

-Doutor Roberts; eu necessito que me guie para eu poder atuar corretamente.

Quero contar-lhe hoje a minha vida e a minha infância, para que possa fazer-me um diagnóstico correto

Continuei a contar-lhe a minha história...

- Eu vivi em uma casa completamente oposta a de Ronnie, cheia de amor e compreensão. Nunca escutei meus pais brigarem ou discutirem na nossa frente. Claro que se, o faziam, nunca lhes escutamos. Eu também acreditei que todos as casas eram exatamente iguais a minha e que isto era o mais normal da vida. Que enganada eu estava!

Minha infância foi cheia de felicidade e estabilidade. Eu era muito religiosa e por um tempo pensei em ser freira em um convento. Embora nunca conseguisse... sim dediquei uma grande parte de minha juventude a uma vida missionária.Eu adorava ensinar as pessoas tudo o que tinha a ver com Deus e boas obras.Claro que olhando para trás, parece que eu fui longe de mais, pois fui bastante fanática, eu reconheço.

Por exemplo, quando nos graduamos do colégio, todas as minhas amigas pediram presentes aos seus pais, como viagens a outros países, ou carros ou roupa cara. Eu ao invés, pedi para os meus pais que deixassem ir com a Igreja, que estávamos associados à floresta do Amazonas, para pregar e ensinar as pessoas, não só a Bíblia, mas também para ensiná-los a ler e escrever.

Quando chegamos ao Amazonas, nós nos estabelecemos em uma aldeia com cinquenta pessoas. A aldeia estava formada com umas quarenta casinhas feitas de palha e barro.Todas as famílias tinham trabalhos diferentes para apresentar a família adiante .Todos lá viviam da agricultura e da caça.Além de dar-lhes aulas cinco dias na semana, também saíamos em umas lanchinhas e descíamos pelo rio, remando de aldeia em aldeia pregando e ensinando.

Os aldeãos nos esperavam com grande ansiedade toda vez, para aprender sobre Deus e ouvir histórias que nos contávamos de outros países, o que as pessoas faziam nas cidades, da comida, os diferentes costumes... Quando regressamos a nossa aldeia, nos deitávamos em redes, com galinhas às vezes caminhando debaixo de nós. Os pisos das casinhas eram de terra , mas bem limpinhas.Os alimentos eram deliciosos, pois essa terra é muito rica e o sabor das comidas é delicioso.

Eu me sentia a mulher mais rica do mundo, ainda que não tivesse nada, senão as minhas malas. Ali aprendi o que é o significado da felicidade. Aprendi a viver da terra, a vegetação, os animais, a chuva, tudo era tão perfeito em seu estado natural e isso dava muita alegria. Compreendi que para ser feliz, precisasse primeiramente estar em paz consigo mesmo e manter uma consciência limpa e tranquila, o restante vem por adição.

Aprendi a viver sem dinheiro. Todos ali trocavam comida por roupa ou favores, mas não existia necessidade de dinheiro. Incrível!. "Se não o tivesse vivido não acreditaria" O mais importante para eles era viver em paz e em harmonia com todos da aldeia. Todos confiavam uns nos outros e o respeitar o vizinho ou aos que tivesse uma necessidade, era o mais importante.

Ali também aprendi a sorrir. Todos caminhavam com um sorriso de um lado ao outro, não sei, foi bem contagioso, assim eu também copiei o sorriso deles.

Uns meses mais tarde de minha chegada a cidade de Madrid, comecei a estudar Relação Comercial na Universidade. Quando me graduei, meu pai me conseguiu um trabalho aqui em Los Angeles, por meio de um de seus melhores amigos, que havia vindo para estabelecer a sua própria companhia. Para poder vir aos Estados Unidos, precisei ter aulas de Inglês, por oito meses, na Universidade e foi nessas aulas, quando conheci Ronnie, Ele era o professor.

-Ah, sim? Por que estava Ronnie vivendo ali na Espanha?

-Ronnie estava fazendo uma licenciatura em arquitetura ali, mas dava aulas de inglês na Universidade para financiar seus estudos. "Isto foi amor a primeira vista".Quando o vi pela primeira vez, me enamorei loucamente dele.Ainda que não acredite em reencarnação, esta é a melhor maneira, que pude explicar.Eu fiquei fascinada.Muitas de suas ações me recordavam homens que eu admirava muito, por exemplo, algumas vezes, quando ria, me parecia que eu estava vendo o meu ator de cinema favorito; outras vezes, quando o olhava caminhar, me lembrava de um bom amigo, que eu queria muito quando era menina; outras vezes, quando se punha muito sério, me recordava de meu pai.Bem raro este fenômeno, certo? Você o que acha, Doutor? Tem tido pacientes com histórias tão loucas como as minhas?

-Não... Sunita. Estes sentimentos tão profundos e bem enraizados em sua mente e coração são o sinal de um amor verdadeiro e uma admiração ao Ronnie.Esta é a base para formar um matrimônio feliz e muito mais se isto for correspondido. Você deve estar feliz de encontrar tanta empatia e boa energia entre os dois.Isto é difícil de encontrar.Muita gente na vida nunca pode encontrar este amor verdadeiro.

-Ah, que bom Doutor Roberts, saber que tudo isto é positivo e não é um sinal ruim de minha alma se tornando louca.

Nós rimos em gargalhadas, pois me parecia bem espirituoso o comentário, mas o segui contando...

-Bom, esta é a minha história e você, já é a coisa mais importante de minha vida.

Mas para que possa fazer seu diagnóstico deve saber uma coisa a mais, Doutor Roberts. Na semana seguinte de sua proposta de matrimônio, fomos para Las Vegas, pois Ronnie queria primeiro casar-se no civil. Fomos com Marta Lucia minha vizinha e seu esposo Roberto, os quais foram nossas testemunhas. Não me entenda mal Doutor ...para os meus costumes de casamento verdadeiro seria por meio da Igreja diretamente pedindo uma benção de Deus.Compreende-me de verdade?

O Doutor Roberts, riu em gargalhadas...

-Sunita...Pelo menos tem um bom humor.

-Sim... Mas a minha história avança, e algumas semanas depois daquele trágico acidente, eu comecei a sentir-me bem enferma. Eu pensei que era por todo o sofrimento que estava passando. O mal estar, insistia tanto que terminei no hospital, onde me disseram que eu estava esperando um bebê.Não só isso, mas resultou que eu estava esperando dois ao invés de um. Duas meninas maravilhosas Doutor Roberts!Quase as perco, pois me deu uma hemorragia terrível. Tive que ficar em repouso por três meses. Como você sabe, quando estava na cama escrevi o meu famoso livro, o qual graças a Deus, me tem dado uma boa oportunidade na vida, pois foi assim que Ronnie me encontrou outra vez.

-Ah, sim Sunita,minha secretária lhe reconheceu outro dia por seu livro.Disse-me que o daria a mim, tão logo terminasse de ler, para que eu o lesse.

-Ah, que bom Doutor Roberts, assim entenderá melhor a minha situação.Uma coisa que eu não fiz, foi mencionar as meninas no livro.Ronnie não tem nem idéia de que as meninas existem e não sei como dizer-lhe sem dar-lhe outro golpe na vida.Não sei como ele vai reagir com esta notícia.Dá-me medo que aconteça algo outra vez.

-Por que não as mencionou em seu livro?

-Não sei... Não queria envolvê-las em nada na história e me dá alegria que eu não o fiz, não teria gostado que ele soubesse delas, dessa maneira, mas ao mesmo tempo me dá medo que com seu estado de recuperação, no que está agora, endoideça ou reaja como um louco, ou lhe dê um infarto do coração de emoção... não sei. O que eu sei é que cada dia que passa é mais difícil para eu deixar de reprovar-me por não haver lhe dito, no mesmo dia em que nos encontramos em São Francisco. Já faz quase duas semanas...

Da minha parte, eu nunca pensei que eu iria reagir dessa maneira, quando o visse outra vez. Creio que no fundo de minha alma, me convenci de que não lhe iria ver jamais. Que tudo havia terminado entre nós dois. Sinto tanto rancor e raiva pelo sofrimento, que tenho tido por estes dois anos, que inconscientemente culpo tudo a Ele.

Estou segura, que poderei ultrapassar estes sentimentos, que não me deixam agir com o amor, que este homem, que tem sofrido tanto, merece de mim.Por isso eu peço que me ensine a esquecer esses momentos , em que o odiava, porque não estava ali, quando o necessitava, como o dia de nosso casamento, quando minhas filhas nasceram, o momento tão terrível como o terremoto, que sobrevivemos.Já compreende todo o trauma que levo dentro de mim, certo?

-Sim e com muita razão Sunita, as tremendas pressões que você tem vivido nestes últimos anos têm sido terríveis e eu fico muito feliz que tenha vindo ao meu consultório, buscando suporte e orientação. Acredito que com todos os exercícios que temos posto em prática e se seguir fazendo cada dia, vai conseguir ajudar a equilibrar seus sentimentos. Eu sei que já identificamos:

1-Quais são os problemas que você tem que superar.

2-Estabelecemos as causas e consequências de continuar dentro do problema e como removê-lo mentalmente. Este é um exercício vital que pode ajudar muitíssimo a esquecer momentos desagradáveis que em nenhum momento foram culpa de Ronnie.

3-Exposição das diversas opções para a solução do problema.

4-Integração das seguintes áreas emocionais e físicas para ter um balanço completo para o problema. Eu acredito que com toda esta informação será suficiente para dar-lhe um programa e uma rotina, que irá servir de base para tomar suas decisões de uma maneira correta e acertada.

Primeiro que tudo é essencial que você pare de culpá-lo pelo ocorrido. Isto é bastante egoísta de sua parte e pensar que ele tenha planejado tudo isto. Tens que dar-lhe a oportunidade de falar e explicar seus sentimentos para ajudá-lo a recuperar-se. Aí o mais importante entre vocês vai ser a comunicação. Pelo que eu tenho escutado parece que vocês podem se comunicar muito bem, assim não deixe de dizer-lhe o que sente. Logo você verá que esses sentimentos vão desaparecer. Tão pouco tenha medo do futuro, pois as meninas, logo que ele souber que você as têm, será como uma maior união para vocês. Elas vão uní-los bastante. Assim que você se desligar desses sentimentos de medo.

Este último dia de minha consulta, conversamos por duas horas e entendi completamente como é e como tenho que fazer para chegar a uma conclusão positiva e benéfica, tanto para Ronnie como para mim. Deu-me algumas ideias e algumas táticas que eu poderia usar, que iriam funcionar muito bem sem ter nenhum problema para introduzir-lhe as meninas...eu estava feliz e ansiosa para por nosso plano em prática.

-Bom ...Doutor Roberts, tem toda a razão. O praticarei. Vou por o plano em movimento para introduzir-lhe as meninas, eu creio que posso fazer. Se tiver alguma dúvida lhe ligarei.

-Muitas felicidades Sunitas. Aqui estarei para quando precisar.

Capítulo 23

Felizmente Ronnie estava comprometido com o Doutor e sua terapia em Chicago e não podia ir a Los Angeles até que lhe dessem alta, mas eu sabia que esse dia viria logo e que eu teria que estar pronta para recebê-lo.

Dois dias depois da minha conversa com o Doutor Roberts, o que eu tinha temido finalmente se converteu em realidade.

Ronnie me ligou como de costume a tardezinha. Nessa hora eu tinha as meninas dormindo, assim era mais fácil para eu falar sem interrupção e sem o ruído delas.

-Olá Ronnie! Como foi o seu dia hoje?

-Você nem imagina Sunita. Estou muito feliz, pois acabaram de me dar alta e eu estou pronto para começar minha nova vida com você. Já não posso esperar mais, estes dias tem sido tortuosos sem poder lhe ver.

-Ah, que alegria! Parabéns! Quando acredita que podes vir para Los Angeles?

Amanhã vou começar com as papeladas para alugar a casa e fazer uns últimos trabalhos importantes aqui, mas lhe manterei informada. Eu imagino que eu estarei aí em duas semanas.

-Maravilhoso. Aqui eu estarei lhe esperando... Queres que eu te pegue no aeroporto?

-Não Sunita, eu vou dirigindo o meu carro. Eu sei que vai levar uns dias, mas eu acabo de comprá-lo há uns meses e eu adoro isso. Não quis vendê-lo, pois não vale à pena, assim eu vou por terra. Além disso, lhe confesso que me dá vertigem pegar o avião.

-Claro, o mesmo penso eu. Veremos-nos então em algumas semanas.

Despedimos-nos então como sempre com muito amor e expectativa do nosso futuro.

Eu sabia que esse dia viria e me senti forte emocionalmente para enfrentar a situação. Com a ajuda de Marta Lucia poderei executar o meu plano de apresentação das meninas.

Tinha tudo preparado para o encontro e Marta Lucia estava pronta com as meninas para fazer a apresentação.

Hoje é o dia e eu estou muito emocionada por ver-lhe outra vez. Às vezes me sinto como se nada tivesse acontecido e como se fosse um dos nossos encontros que tínhamos todo o final de semana. Não quis que ele fosse para casa direto, pois claro não queria que ele visse nada das meninas ali, assim eu marquei para que nos encontrássemos em nosso lugar favorito o Café Marfil onde eu tinha feito reservas.

Eu cheguei primeiro e o esperei com muita ansiedade por uns longos momentos. A tarde estava fresca e serena. O sol ainda estava deslumbrante, a areia do mar brilhava como um espelho. Eu tinha um vestido vermelho bem colado no corpo, pois eu sabia que era sua cor e seu estilo favorito. Meu cabelo continuava solto e longo até a cintura. Tinha uns óculos de cor café e uma maquiagem suave e sedutora.

Finalmente o vi vindo à distância. Meu coração começou a palpitar ao vê-lo finalmente outra vez em minha vida. Embora o destino o tivesse maltratado tanto, eu estava feliz de vê-lo melhorar dia a dia. Ainda estava bem pálido e magro mas seu rosto se mostrava feliz de ver-me , ainda que com um olhar de preocupação.Lentamente se aproximou de mim. Olhou-me timidamente e me deu um abraço e um beijo no rosto. Ele tinha óculos escuros. Tinha uma camiseta azul e calças caqui com um cinto marrom. Ele estava muito bonito e brilhava com muito estilo!

-Sunita! Como estás querida! Que prazer em ver-te! Você está tão linda! Ah, que bom é ver minha bela praia! Parece como se eu tivesse saído de uma prisão ou uma penitenciária.

Eu me aproximei para abraçá-lo com muito carinho e lhe dei dois beijos um de cada lado da sua bochecha.

-Eu entendo... Como você deve estar se sentindo querido. Que bom ver-te Ronnie! Parece que eu também tenho esse mesmo sentimento. Que rara sensação, não é verdade?Mas vamos diga-me você se recorda deste lugar?

-Sim!Sim! Claro... Que me recordo! Este era o melhor lugar, isto é o nosso lugar preferido! Aqui vínhamos com Conchita e aqui te propus casamento!

Alegra-me que se lembre!...Ronnie! Vem para dentro! Tenho nossa mesa favorita reservada!

Quando chegamos à mesa ele sorriu, com um sorriso maroto. Como dizendo, que se ele se lembrava dos momentos tão agradáveis que tivemos naquela mesa.

Sim... lembrou...e me deu muito prazer. Dava-me tanto medo que ainda tivesse amnésia. Eu preciso deste momento com todos os seus sentidos trabalhando, pois estou a ponto de dar-lhe a maior surpresa de sua vida! Deus meu! Ajuda-me para que o que eu tenho planejado corra bem! Espero que ele possa suportar! Deus meu! Ajuda-me!

-Sunita! Fiquei tão nervoso com o que tens para me dizer! Não pude pregar os olhos desde que me disseste aquilo! O que é? Você se casou com outro?Você tem alguém mais? Diga-me sem rodeios, o que é, porque já não posso suportar mais!

-Calma Ronnie! Não se inquiete! Claro que não me casei e não tenho ninguém mais! Você sabe que você tem sempre sido o amor da minha vida, mas eu confesso que eu já estava me dando por vencida!

-Sunita! Meu amor! Você sabe que eu também te quero como jamais tenho querido alguém neste mundo!Sinto-me tão triste pelo sofrimento que você teve!Perdoe-me! Gostaria te devolver-lhe, todo esse sofrimento, agora com pura felicidade!Quero que tenhamos o casamento que não pudemos ter e melhor!Quero que você convide os seus pais e Clarita e todos os nossos amigos, para celebrar nosso verdadeiro dia de amor!

Eu o parei sorrateiramente... Shhh...

-Espera! Espera meu amor! Tenho algo que quero lhe contar primeiro! Escuta-me, por favor!

Chamei o garçom e pedi algumas bebidas, pois eu necessitava de uma ajudinha mais para começar.

-Senhor garçom... duas Margaritas duplas, por favor!

Enquanto esperávamos pelos aperitivos, nos olhávamos ternamente, Eu lia seus olhares como assustados, melancólicos inseguros...Quando nos trouxeram as Margaritas, nós a tomamos entre olhares comovedores, pegadas de mão e beijinhos minúsculos aqui e ali.Eu parei por um momento. O flerte era infantil e adolescente, mas era todo real. No meio das margaritas...peguei um pouquinho de forças e enfrentei a situação.Eu pressionei suavemente sua mão, tomei uma respiração profunda e comecei...

-Meu querido Ronnie!Você se recorda daquelas tardes, quando saíamos juntos a correr na praia, como crianças, perto daqui, nos beijávamos com paixão na areia e depois vínhamos para o terraço deste "Café Marfil", para juntos olharmos o entardecer?

-Sim!!! Meu amor. Me recordo de tudo muito bem.Você o descreveu em seu livro com muita precisão, muita ternura e muito amor.Recordo cada momento!!Cada curva do seu corpo e cada beijo que nós demos.

Enquanto falava beijava as minhas mãos sem cessar. Lhe parei por um momento...pois suas carícias não me deixavam pensar.

-Espera! Espera meu amor! Não, me deixas concentrar!

-Oh! Perdoe-me! Continue! Eu estou tão intrigado!...

-Bom! Bom! Deixe-me continuar!...Lembra-se de uma semana antes do nosso casamento, quando fomos a Las Vegas e pegamos a certidão civil de nossa união? Aquele dia estávamos tão felizes, consumidos de amor e de paixão!Aquele dia nossos corpos se juntaram no símbolo de amor eterno e consumamos o nosso amor!Foi o momento mais inesquecível da minha vida e espero que também tenha sido muito especial para você!

-Sunita!!! Minha querida! Espero que não me vá tratar de agora em diante como um inválido, sem recordação do passado! Você sabe que eu recuperei quase totalmente a memória! Não? Lembro-me de seus beijos, recordo-me de sua paixão e de sua pele roçando a minha. Lhe devorava com beijos, como louco de amor! Sim! Para mim, foi o momento mais bonito de minha vida! Momento que eu sinto saudades e quero repetir por mil vezes mais, pelo resto dos meus dias!

-Obrigada Ronnie querido! Eu também!

-O que você quer dizer com essa história!!! Meu amor, não lhe entendo bem.

-Bom, umas semanas mais tarde depois daquele terrível dia do acidente aéreo, me senti muito mal. Eu estava como louca, por sua ausência e a única coisa que fazia era escrever. Descuidei-me um pouco de minha saúde.Marta Lucia, minha vizinha...

Ronnie me interrompeu inesperadamente...

-Marta Lucia!

-Ah... Recorda-se de Marta Lucia?

-Sim! Sua melhor amiga e vizinha, certo? Ainda mora na vizinhança?

-Sim!! Ela tem sido magnífica comigo e com...

Eu parei aí mesmo...pois quase eu adianto a minha surpresa.

-Com quem?

-Perguntou Ronnie,

-Não! Não! Deixe-me continuar! Bom! Dizia que Marta Lucia um dia veio ver-me, pois estava preocupada comigo. Quando abri a porta para recebê-la, quase caí no chão desmaiada; causei-lhe um susto horrível.Teve que me levar ao hospital de emergência.Ali soubemos que eu estava muito fraca e que tinha que me cuidar.

Não me diga...meu amor! Que tem acontecido algo com a sua saúde?

-Não, não estava enferma de tudo, mas sim fiquei um pouco arrasada pelos seguintes nove meses...

- Queeeeê?? O quê você quer me dizer? Anda, que o suspense esta me matando!Você me diz, que temos um filho? É isto o que está tentando dizer?

Ronnie parou todo assustado. Rapidamente peguei a sua mão e o sentei suavemente.

-Espera! Espera! Sim! Sim! O que eu estou tentando dizer-lhe é que sim! Você é PAI!...

Com um grito grande, me parou.

-Por que você não disse nada no livro...

-Ronnie ! Não inclui no meu livro, por razões pessoais e não queria expor minha vida completa ou meu quotidiano a todo o mundo.

-Sou Pai? Como não me havia dito?

-Ronnie! Você sabe como estava tão frágil em sua situação! Eu estava esperando o momento apropriado para dizer-lhe!

-Onde está? O que é um menino ou menina? Onde está? Deixe-me ver.

Já estava ficando um pouco desesperado e chateado, porque não o havia dito antes.Assim, que agora sim era o momento.

Eu tinha tudo combinado com Marta Lucia.Ela estava com as meninas, no carro duplo, passeando pela praia perto do Café, enquanto eu falava com o Ronnie. Combinamos que eu a chamaria no momento adequado para que as trouxesse ao Café.

-Ronnie! Espera! Espera um momentinho.

Chamei a Marta Lucia pelo telefone celular.Ela tinha as meninas no carro e estava esperando meu sinal.Disse-lhe que viesse.Nesse ínterim...Ronnie estava pálido e nervoso, como um cavalo tentando sair do curral.Eu lhe acalmava colocando minha mão sobre o seu ombro.

-Espera meu amor! Já veras! Dê-me um momento, por favor!

Marta Lucia estava bem perto, assim apareceu rapidamente. Tão logo entrou no Café, corri a porta e peguei o cabo do carro; Marta Lucia se retirou rapidamente, não antes de dar-me um olhar de aprovação.

Dirigi-me lentamente até Ronnie com as meninas com uma emoção maravilhosa.Elas estavam vestidas iguaiszinhas, com roupinhas em rosa.As duas tinham um lacinho rosa no cabelo, perfeitamente cacheado, como bonequinhas.Eram perfeitamente idênticas.Adoráveis!

Meu rosto tinha um sorriso de orgulho de lado a lado.Pensava...olha meu querido Ronnie... isto é o que lhe ofereço por nosso amor...

Quando Ronnie me viu vir até ele com as duas meninas, num carro duplo, pulou da mesa com a surpresa do século e gritou!

-Duas!...Gêmeas?... Temos duas filhas gêmeas?...

Felizmente estávamos no restaurante com as pessoas ao redor ou a apresentação teria sido pior.Ronnie não pode se conter e começou a chorar, como um menino perdido.Suas mãos tremiam como um papel lançado por uma tempestade, enquanto aproximava-se lentamente até o carro.Não sabia o que fazer.Pegava as suas mãozinhas, tocava delicadamente seus rostinhos, ria e as beijava sem parar...

-Não pode ser...Sunita! Como aconteceu isto? Que lindas são as meninas! Obrigada meu Deus! Obrigada! Impossível que eu possa ser tão abençoado com esses anjinhos de Deus!

Continuava fazendo-lhes brincadeiras...não sabia como levantar as duas.As meninas estavam felizes.Eu tinha medo de que chorassem e o rejeitassem quando brincava com as mãozinhas das duas, mas o contrário, como se elas já soubessem em seu coração, que este era seu pai e era uma pessoa muito especial, lhe flertavam e riam felizes com ele...Eu me aproximei e levantei a Danielita primeiro e a dei para Ronnie para que a erguesse.Ele a abraçou, sem deixar de chorar.Danielita começo a brincar com seu cabelo e depois pegou o seu nariz...Ronnie, nesse ínterim lhe dizia...

-Eu sou o seu papai Danielita! Aqui eu estou para lhe amar. Nunca lhe deixarei! Nunca Mais!

Nesse momento lhe dei a María Paula, a qual pegou com seu outro braço.As tinha as duas .As olhava encantado, como um menino brincado com seu melhor brinquedo.

María Paula também foi muito receptiva com ele e as duas correspondiam a todos os seus cortejos.

-Que nome lhes colocou?

-Danielita e María Paula...Olhe meu amor!Olhe! Confundia-me tanto com elas que não sabia quem era quem, então as coloquei estas pulseirinhas de cores diferentes, com seus nomes, para distingui-las!

Rapidamente peguei as mãozinhas das duas..

-Olhe! Esta é a Danielita! Você vê a pulseirinha de ouro? E esta é a María Paula com sua pulseirinha de prata.

-Que engenhosa Sunita! Sunita! Como não me havia dito! Você me fez o homem mais feliz do mundo! Não posso acreditar que tenhas tido duas!Que horas de angústia terá passado minha vida, sem eu para lhe ajudar.Que pesadelo tem sido este! Sunita!!!! Obrigada por minhas meninas e sua paciência com a situação tão angustiante, pela qual tem passado!

-Sim...Ronnie! tem sido muito difícil! Por isso lhe amaldiçoava. Mas eu entendo pelo que você também tem passado.Façamos um pacto.Sim? Tratemos de não mencionar o passado, nem nos fazermos críticas, porque nada podemos remediar, mas sim olharmos adiante, assim podermos fazer muito pelo nosso futuro.

-Sunita! Você tem a minha promessa de que de agora em diante é o nosso futuro! O passado, passou!

Indicando-me com sua mão, Ronnie me disse orgulhosamente...

-Vamos! Saiamos daqui e vamos caminhar com as meninas pelo caminho ao lado da praia para que todos as vejam, para gritar a todo o mundo que são minhas! Que sou pai! Vamos celebrar!

Eu fiquei encantado em ver tão bonita reação. Com um sorriso e com o coração em minha mão respondi...

-Bom meu amor! Advirto-lhe que tem que se acostumar com os olhares das pessoas! Todo o mundo quer vê-las e me param no caminho para admirá-las e examiná-las. Assim, não se impressione!

Ronnie deu uma risada maravilhosa.Que diferente se via agora em comparação com há algumas horas. Estava cheio de felicidade e amor, seus olhos brilhavam com esplendor, seu sorriso iluminava o salão, sua energia estava rugindo como o leão rei da selva.Olhamos-nos e entendemos que a vida estava nos dando outra oportunidade e que de agora em diante nós dois iríamos triunfar em nossa união.

Saímos os quatro dali. Ronnie empurrando o carro duplo com as meninas dentro.Estava tão orgulhoso. Minhas dúvidas de como ele iria reagir e de seu amor pelas meninas se dissiparam . O plano de meu terapeuta havia funcionado na perfeição.Finalmente a alegria e a calma começaram a tomar posse de meu coração e de minha alma.Um novo dia se aproximava e eu estava pronta para receber a felicidade.

Capítulo 24

Estávamos todos juntos, reunidos na grande sala da casa em "Praia Hermosa "me entretinha ver Ronnie brincar com as meninas sobre o tapete, com milhares de brinquedos ao seu redor. Eu adorava ver o amor que ele sentia por elas e como as meninas o correspondiam.

Sentada na sala podia ver pela janela grande, a paisagem do mar, os veleiros movendo-se com rapidez, o sol afundando-se no horizonte e esse belo entardecer.

Quantas vezes sentada neste mesmo lugar, vi um mar agitado e turbulento, com nuvens de tempestade todo ao redor. Mas agora...Agora vejo um mar sereno e tranquilo.O céu está azul e o sol brilha com todo o seu esplendor.Pude ver as aves voando; brincando com o vento e as ondas do mar, e milhares de mariposas mostraram suas asas divinas de mil cores, voando de lado a lado , sem cessar.

Penso se é este um sonho do qual repentinamente vou despertar.Ou será que finalmente a felicidade tem chegado a minha casa?

Depois de passar tantas horas de angústia e de dor. Depois de tanta incerteza. De noites sem dormir.De tanta solidão.Podia ser que o destino estava me dando a oportunidade de sanar e livremente amar? Estava-nos dando a oportunidade de apagar as feridas tão grandes que tínhamos os dois e poder recomeçar? Sim! Parece que nossa felicidade, sim, pode ser alcançada.

Subi rapidamente para o meu quarto procurei com ansiedade a aliança que com tanta dor havia atirado no joalheiro alguns meses atrás.A encontrei escondida em um canto e a devolvi a mão, que merecia levá-la. Com este símbolo de união seguirei com a promessa que fizemos há vários anos atrás de mantermos amor e fidelidade.

Agradecidos por este novo dia e esta nova oportunidade começamos a planejar o casamento, que não pudemos efetuar.

Com muita alegria chamamos os meus pais na Espanha e contamos de nossa união.Ficaram felizes de saber de Ronnie e nosso encontro.Não podiam acreditar na história e que algo assim, alguém pudesse passar.Se alegraram muito de que tudo estava voltando a normalidade e definitivamente fariam arranjos para retornar para o casamento e fazer parte de nossa alegria.

Não só isso, minha mãe estava louca pelas meninas e morria por vê-las outra vez.Meu pai não as conhecia e não via a hora de ver e abraçar sua netinhas.Sim.Todos viriam.

Comunicaram-nos que Gustavo havia se estabelecido em Madrid e se casaria com minha irmã Clarita, tão logo, ela terminasse a Faculdade.Disseram-nos que estavam bem enamorados e felizes.Ronnie e eu não podíamos estar mais satisfeitos de saber desse laço matrimonial.

O casamento seria em algumas semanas e não tínhamos tempo para perder. Tínhamos muito que preparar. Marta Lucia e Roberto estavam muito felizes com nossa união e aliviados, de que já não teriam que suportar-me mais.Fui muito má vizinha, eu sinto.

Depois de muitos preparativos e com grande ansiedade recebemos a minha família, Clarita e Gustavo. Ainda que as recordações de alguns anos nos atormentavam, tratamos de esquecer. As meninas estavam encantadas com seus avós e sua tia querida. Com seus jogos, flertes e sorrisos, nos ajudavam a esquecer. Tudo era felicidade.

A capela era pequena, mas inspirava um sentido de divindade.

Todos os meus amigos e família estavam prontos para celebrar.

Milhares de flores lotavam os lados dos bancos e a frente do altar. Um órgão com música clássica começou a tocar.

Meu vestido de noiva branco parecia elegante e majestoso.

O delicado véu até a cintura cobria o meu rosto e meu pai com muito gosto e orgulho me conduzia pelo braço, caminhando lentamente para o altar, onde Ronnie, me esperava com grande emoção e ansiedade.

Suas mãos tremiam, quando recebeu a minha mão da mão de meu pai, mas ele prosseguiu com firmeza e me levou até o altar.

A cerimônia começou com um solene e bonito sermão.

O momento chegou para a troca de anéis. Ronnie me surpreendeu com a fineza e a elegância de um diamante amarelo como o sol de forma retangular. Meu desejo de sempre. Meu sonho de anel. Seu reflexo me fez pensar em Deus, o qual agradeci em silêncio a nossa união.

Minha vez chegou e coloquei nessa mão tão grande e viril uma aliança com incrustações de diamantes pequenos....Sensacional!

Agora a cerimônia chegou ao seu final.

O sacerdote depois de tão inspirado sermão se dirigiu a todos os presentes: nossa família e amigos...

-E agora em frente de Deus e do mundo, me dá orgulho de apresentar a todos o Senhor e Senhora Ronnie e Sunita Waddell! Pode beijar a noiva!

Ronnie e eu nos beijamos ternamente e entramos em um transe que nos levou entre as nuvens à Deus.

Todos aplaudiram e choraram de emoção.Sabiam muito bem a nossa história e se alegravam de ver o triunfo do amor sobre o tempo e a tragédia.

Seguimos ao Clube Miramar localizado sobre a prainha perto do mar e a umas poucas quadras da Capela.Prosseguimos como marido e mulher a grande festa preparada para ocasião.

Depois de muito comer e beber, Ronnie me pegou pela mão e me tirou do salão rapidamente.Caminhamos depressa para a beira do mar, pois queria dizer-me algo com grande urgência.

Quando chegamos muito perto da beira mar, Ronnie me abraçou fortemente.Com muita ternura, Ronnie tirou do bolso , o bracinho da boneca de Conchita, que havia levado com ele desde aquele dia tão infernal.Com este na mão, me olhou nos olhos fixamente e disse:

-Sunita! Hoje foi o dia mais feliz de minha vida! Quero-lhe muito a você e as minha meninas! Em símbolo e promessa de que não vou olhar o passado, vou retornar este pedacinho de Conchita ao mar! O que passou, passou! Você e as meninas são agora o meu futuro!Meu princípio e o meu final!

Com grande intensidade elevou seu braço forte para o céu e atirou o pequeno bracinho com grande força ao mar.

O vimos voar, e voar...até que mergulhou, entrando fortemente na água.

Ronnie se voltou rapidamente para me abraçar.Apertou-me fortemente por um momento, depois pegou o meu rosto entre as mãos, o dirigiu suavemente a sua boca e entrelaçou seus lábios calorosos e amorosos entre os meus também cheios de nervosismo, amor e paixão.

Que grande desprendimento e demonstração de amor por sua nova família.

Esta ação me deixou mais do que satisfeita de sua recuperação, sua honestidade e sentimentos para conosco.

Já nada mais eu podia pedir , nem a Deus, nem a vida, nem a Ronnie.

Sim! A verdadeira felicidade, sim se pode encontrar.Senti a mesma alegria e a mesma ansiedade de uns anos atrás.Já nem o destino, nem nada, me podiam parar!

Você! Meu Ronnie querido...ficará comigo até a eternidade.

Amém

Ronnie entregou esta carta a Sunita em seu aniversário de casamento de 35 anos

Minha Querida Sunita,

Poucos homens têm o que eu encontrei em você, pois homens sonharam sonhos, escreveram canções, histórias e poemas do sincero tesouro de amor e conforto que você traz para mim todos os dias.

Não preciso olhar além dos limites da minha imaginação para apreciar a beleza gloriosa do seu profundo amor.

Nos últimos 35 anos, fui abençoado por construir uma nova vida junto com você.

Rimos e choramos juntos, nos bons e nos maus momentos, à medida que obtemos sucesso em nossa felicidade.

Por isso, fico emocionado em dizer ...

Obrigado, "torta de mel" por ser minha esposa, por nossas filhas pequenas e pelo conforto que você oferece nas tempestades da vida.

Agora, estamos entrando em uma nova era, uma era repleta de mais conquistas, esplendor e satisfação.

É para você que dedico todas as vitórias.

Pois é para você que clamo toda vez que estou triste; a cada decepção e a cada vitória.

Finalmente encontrei minha vida e meu lar, porque o lar é onde você está. Eu aprecio você, admiro você e, acima de tudo, amo profundamente você.

Seu marido para sempre.

Ele enviou a Sunita este cartão, juntamente com trinta e cinco rosas, uma para cada ano de casamento:

Meu caro Sunita,

Obrigado por trinta e cinco anos de casamento.
Temos muitas bênçãos.
Você é linda em todos os sentidos.
Anseio por você quando estiver fora.
Aprecio o momento em que volto para você.
Você é a mulher da minha vida,
Aquele que me faz completo.
Eu te amo com todo o meu coração!

Ronnie.

Sobre o autor

Julie S. Ross, reside em Los Angeles Califórnia com seu esposo Reuben e seu filho Adrián.

Julie S. Ross viveu por vários anos na cidade de Madrid, Espanha onde aprendeu a arte da filosofia experimental.

Anos mais tarde, viajou para os Estados Unidos onde recebeu o grau de MBA em Administração de Empresas na Califórnia Coast University.

Escritora e diretora de uma publicação política em Orange County, Califórnia.

Criadora e ganhadora de vários artigos escritos para a revista de uma das empresas de tecnologia e vendas maiores dos Estados Unidos.

Escritora e Diretora de uma publicação política em Orange County, Califórnia.

Ganhadora de vários prêmios e condecorações do Senado e Congresso do estado de Califórnia por sua dedicação a cultura, progresso e desenvolvimento de seus cidadãos latinos.

Julie tem dedicado muitos anos de sua vida a escrita do romance educativo, romântico e comovente chamado "A Ilusão do Amanhã", que contribuirá não só para enriquecer a vida do leitor, mas também para ajudá-lo na parte emocional, física e espiritualmente a evitar muitas dores na vida,pois este romance foi na maior parte escrito com base em eventos, experiências e casos da vida real.

É o desejo e a meta da escritora Julie S.Ross de continuar levando a humanidade, por meio de seus escritos, **um pouco de luz na vida, para o que a busca e um alívio a dor, para o que a necessita.**

Obrigado por ler este livro. Esperamos que as experiências tenham sido capazes de elevar seu ânimo e se sentir um pouco mais encorajado na vida.
Por favor deixe um comentário

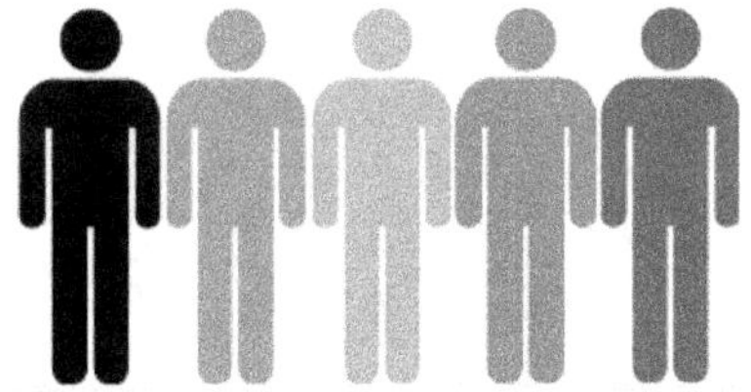

O que as pessoas estão dizendo

5,0 de 5 estrelas -Eu adorei esse livro é inspirador! 9 de novembro de 2012, por Suzy Q Formato: Brochura | Compra verificada da Amazon. Como alguém sempre buscando a felicidade e o enriquecimento, achei este livro uma verdadeira jóia. A felicidade está ao nosso alcance e achei muita inspiração ao ler este livro. É atemporal e clássico. Vou passar isso para minhas irmãs e amigas, para que elas sejam inspiradas a serem as melhores possíveis.

5,0 de 5 estrelas -Muito interessante! 9 de novembro de 2012, por Stamato Format: Paperback | Compra verificada da Amazon. Eu gostei muito deste livro. Está cheio de dicas interessantes. De fato, ao lê-lo, você refletirá facilmente sobre sua própria vida e personalidade. Eu pensei que era útil e divertido. Além disso, você perceberá que a felicidade não é tão difícil de alcançar. Vale a pena ler, totalmente recomendado.